CAMERA OBSCURA

GWENAËLLE LENOIR

CAMERA OBSCURA

roman

julliard

Conception graphique de la couverture : Valérie Gautier

ISBN : 978-2-260-05624-9
Éditions Julliard – 31, rue Étienne Marcel – 75001 Paris

Ce livre est un roman dont le personnage principal est réel. Ce photographe existe et vit caché quelque part en Europe. Son nom de code est César. Les atrocités décrites sont avérées, les faits sont documentés, mais sa voix est la mienne.

Un

Ania dort et elle sait que je suis mort. Elle a lu le communiqué. Tout le monde a lu le communiqué. Tout le monde sait que je suis mort, mes amis aussi bien que mes ennemis.

Ania fronce les sourcils, ses paupières battent, ses lèvres se tendent. Son épaule gauche tressaute en petits mouvements saccadés puis s'arrête, s'affaisse, calme et blanche au-dessus de la couverture bleue. Alors ce sont ses doigts qui se mettent à danser, ceux de la main gauche, toujours, le majeur et l'index. Peut-être l'alliance est-elle trop lourde pour permettre à l'annulaire de se joindre aux autres.

Je suis mort. J'ai été abattu comme un traître sur cette route grise et droite.

Je me rappelle bien comment je suis mort. Je suis en voiture. Je roule et je roule. La route express vers le nord est défoncée par endroits. J'évite un cratère de justesse. Une roquette, sûrement. La radio n'a pas parlé de combats par ici. La radio ne parle pas de ce genre de choses. Je chantonne.

Les deux voitures devant moi ralentissent, je vois leurs feux stop rougir. Je devine quelque chose sur la route, mais trop loin encore pour que je distingue ce que c'est. Je me rapproche vite, même si je lève le pied. C'est un barrage. Les deux voitures arrêtées sont entourées par des hommes armés. L'un d'eux fait de grands gestes avec son fusil dans ma direction, je pile. Les uniformes que portent les hommes du barrage ne sont pas réglementaires. Leurs vestes et leurs pantalons ne correspondent pas. Ils ont des baskets aux pieds et les cheveux longs. L'un d'eux a une queue-de-cheval, à la mode chez les jeunes Occidentaux. Un autre arbore une barbe fournie et des cheveux bouclés qui descendent dans sa nuque. Ce ne sont pas des soldats, ce sont des rebelles.

Je suis soulagé. Je préfère un check-point de la résistance à un barrage de l'armée du président. Un des hommes s'approche de ma voiture. J'ouvre la vitre. Il me dévisage. Il me demande mes papiers, je lui tends ma carte d'identité. Je sens le soulagement me quitter, il reflue, il va se nicher tout au fond de mon estomac et commence à former une boule d'angoisse. Le type ne sourit pas. Il me fait signe avec son revolver : « Descends. » J'obéis. Je coupe le moteur et sors de la voiture. Il appelle un autre homme, me désigne d'un signe de tête. Ils me poussent vers une baraque en tôle à moitié brûlée sur le bas-côté. Ça devait être un abri pour des vendeurs à la sauvette de boissons et de fruits, il y en a tout le long des routes express du pays. Nous passons derrière. L'homme qui me suit sort son revolver et tire. Le monde explose sous le bruit de la détonation.

Deux

Ma vie est morte bien avant moi.

Mon enfance était belle. J'habitais la même impasse qu'Ania. Ania était déjà plus importante pour moi que les jeux de cerceaux et les ballons tirés dans la poussière. Pour sortir de chez elle, pour rentrer chez elle, elle devait passer devant ma fenêtre. Elle était jolie dans son uniforme d'écolière, sa jupe au-dessous du genou, sa chemise blanche et sa veste grise. Elle secouait ses tresses aux rubans verts et blancs quand je prenais son cartable trop lourd pour elle. Elle me disait : « On voit que le printemps arrive, il y a des fleurs aux arbres et tu n'as plus peur de marcher dans les flaques d'eau, que tu es valeureux, dis-moi ! » Elle avait, quoi ? neuf ans, dix ans, et moi un peu moins. J'aimais presque autant qu'elle les gâteaux à la fleur d'oranger que sa mère nous servait au retour de l'école.

L'hiver, les ornières dans le sol se remplissaient d'eau et de boue, l'été d'un sable décoloré. Les feuilles des arbres n'étaient jamais vraiment vertes, toujours un peu grises. Le bruit de la ville parvenait à nos fenêtres, étouffé et doux. À l'adolescence, vivre ainsi à l'écart du vacarme de la ville me pesait. Je l'aurais bien fait sauter, notre impasse. Mais le doux bruit des talons d'Ania sur le sol et le léger balancement de ses hanches d'un bout à l'autre de la rue la rendaient unique.

J'ai pourtant quitté notre impasse sans regret, du moins je l'ai pensé à l'époque. Lorsque je me suis marié avec Ania, nous avons emménagé dans un autre quartier, dans un appartement rien qu'à nous. Les fenêtres donnaient sur une belle avenue sans ornière, aux hauts arbres couverts de feuilles plus vertes que dans l'impasse. On voyait la montagne en se penchant un peu sur le balcon. Il y avait même un petit jardin au pied de notre immeuble. Je trouvais que ce serait bien pour les enfants, sans le dire encore à Ania.

Mes parents aussi ont quitté la rue. Ils sont devenus vieux, ils ont pris leur retraite, sont retournés au village et ont fini tranquillement leur vie entre leur potager et leur champ d'amandiers. Je ne suis pas allé sur leur tombe depuis longtemps. Je n'aime pas déranger les morts. Et puis ça n'aurait pas été prudent.

Trois

Après, bien après, notre pays s'est abîmé dans les flots de sang.

Je me souviens des premiers suppliciés. Je me souviens du matin où ils sont arrivés. Ils étaient quatre. Il faisait beau, la pluie de la nuit avait lavé le ciel et les rues. Elle m'avait mis d'humeur joyeuse et légère, je n'avais pas envie d'aller travailler, je voulais continuer à regarder Ania courir après les enfants, les presser pour avaler le petit déjeuner, leur répéter qu'ils étaient en retard. Elle avait oublié sur la table du salon leurs gâteaux et leurs berlingots de lait pour la récréation. J'ai descendu les escaliers quatre à quatre, l'ai rattrapée avant que la voiture ne tourne au coin de la rue, puis je suis resté un moment sur le seuil de l'immeuble pour profiter des bouffées de printemps. La rue sentait bon. Le petit jardin au pied de notre immeuble était propre, prêt à accueillir les gamins, ses balançoires et son toboggan fraîchement brossés par le concierge. J'avais hâte de retrouver ces fins de journées printanières, d'observer depuis notre fenêtre Ania qui surveillait distraitement Najma et Jamil. Mes étoiles. Je regardais Najma et Jamil grandir depuis déjà huit et cinq ans. Ils me ravissaient chaque jour davantage. Ania aussi me ravissait davantage de jour en nuit. J'ai eu du mal à quitter la douceur de notre appartement. Mais mon supérieur ne transigeait pas avec les horaires, ni avec le reste d'ailleurs. « Le service de l'État ne supporte pas l'imperfection » était sa phrase préférée. Il m'avait prévenu dès mon premier jour de travail, la moustache frémissante : dans son service, pas d'à peu près, les horaires devaient être strictement respectés. J'ai lavé les bols des enfants et ma tasse de café. J'ai mis mon Canon dans ma sacoche, ajouté deux gâteaux secs à la fleur d'oranger confectionnés par la mère d'Ania, et je suis parti pour une journée de travail aussi banale qu'une autre.

La sentinelle à l'entrée de l'hôpital m'a salué comme tous les matins, sans chaleur. Les jeunes gens qui occupent ce poste ne m'aiment pas beaucoup, en général. Ils n'ont qu'une vague idée de mon métier, mais les ouï-dire leur suffisent. Je sens bien qu'ils hésitent tous entre dégoût et circonspection. Celui-là ne faisait pas exception. Il ne faisait exception en rien, d'ailleurs. Dix-huit ou dix-neuf ans, une veste kaki trop légère pour la saison, des chaussures impeccablement cirées, une kalachnikov aussi raide que la justice et une colonne vertébrale plus ou moins souple selon son interlocuteur. Avec moi, il ne savait pas trop comment la tenir.

Je n'entrais pas dans la catégorie des pékins, mais ma profession ne me valait ni prestige ni honneur. À vrai dire, je m'en foutais, ce matin-là encore plus que les autres. Il faisait beau. C'était le printemps. J'étais heureux.

Les quatre étaient là quand je suis arrivé au bureau. Ils avaient dû être amenés juste avant l'aube. Parmi le personnel de jour, nul ne les avait vu arriver, je me suis renseigné plus tard, l'air de rien. Ils avaient en tout cas chamboulé le service. Moustache frémissante, mon supérieur, avait quitté son bureau et se tenait debout au milieu du service, une lettre officielle entre les doigts. Face à lui, son adjoint Salim tirait sur sa cigarette en apnée, son mauvais œil, le droit, tressautait sous sa paupière morte. Il m'avait raconté un soir qu'il avait pris un coup de poing vicieux alors qu'il essayait de protéger sa cousine d'une bande de voyous sur la promenade de la rivière. Les médecins n'avaient pas réussi à sauver l'œil, ni la paupière, il avait eu au moins la satisfaction de mettre en fuite les agresseurs et de sauver l'honneur de sa parente. Il déclamait son récit aussi fort que s'il s'agissait d'une épopée, tantôt sombre, tantôt facétieux, avec des phrases grandiloquentes. Nous fêtions le départ en retraite d'un collègue et avions tous abusé de l'arak qu'il avait apporté de son village. La vantardise de Salim traversait mon esprit embrouillé et je me retenais de rire. Je soupçonnais chez lui de longue date une susceptibilité à la hauteur de sa lâcheté. Je connaissais aussi sa capacité de nuisance. Mieux valait ne pas prêter le flanc au soupçon d'ironie ni laisser traîner le moindre sourcil dubitatif. Même si l'arak affaiblissait son acuité. J'avais donc fait semblant de le croire et m'étais exclamé comme il fallait. Depuis, il m'invitait de temps à autre à boire un verre dans un bar faussement branché tenu par un de ses amis, dans un quartier résidentiel à un jet de pierre de la vieille ville. Il épanchait sa soif et son manque de reconnaissance en me débitant ses conquêtes féminines, se lamentait sur son sort d'homme marié à une matrone frigide, m'assommait de ses certitudes footballistiques, le tout arrosé d'odes au président chantées à voix trop haute. Les deux premières fois, une Ania glaciale m'avait accueilli à mon retour. Elle avait inspecté mes vêtements et mon haleine. Elle avait fini par convenir que décliner ces invitations pouvait me porter préjudice. Désormais, je lui racontais par le menu les élucubrations de Salim et nous en riions ensemble, une fois Najma et Jamil endormis.

« Le service de l'État ne supporte pas l'imperfection, tu as trois minutes de retard », a lâché Moustache frémissante, en désignant mon bureau. Salim a tenté un clin d'œil complice et apaisant auquel je n'ai pas réagi. Je sais que toute protestation, toute justification, tout mouvement des lèvres sont dangereux quand on a affaire à un supérieur. J'ai posé ma sacoche, sorti mon appareil photo, ôté ma veste, l'ai suspendue au porte-manteau et j'ai saisi les actes de décès que Salim me tendait. Deux accidents de la route, une rixe et une chute du sixième étage. Quatre. Ça faisait beaucoup pour un matin de printemps.

Quatre

J'accroche habituellement ma blouse à une patère à l'entrée de la morgue. Je ne veux pas qu'elle soit dans le bureau, qu'elle côtoie ma veste civile, mon paquet de cigarettes, ma sacoche et mes gâteaux à la fleur d'oranger. Ma blouse ne fait pas partie de ma vraie vie, elle fait partie de mon travail. Sa place est près des morts. J'ai instauré un rituel : enfiler le bras gauche en premier, laisser les pans flotter, tenir l'appareil photo du bras droit et pousser les battants de la porte avec l'épaule. Je l'ai respecté ce matin-là. Il faut maintenir les habitudes. C'est plus prudent.

Tony, l'assistant, s'est levé de sa chaise. Il n'avait pas son verre de thé habituel à la main. Il triturait sa manche. Salim est entré derrière moi. Je ne l'avais pas vu me suivre. Normalement, il ne vient jamais ici. « Commence par celui en bas à droite. » Je n'ai pas compris, mais j'ai acquiescé. Il faut toujours acquiescer au ton du commandement. Tony a tiré le tiroir le plus à droite. « La chute du sixième étage », a dit Salim.

Et il est resté là, juste derrière moi, à nous observer, Tony, moi et le corps. Le cadavre avait une étiquette au poignet droit, comme tous les autres. J'ai regardé le nom, j'ai pris le certificat de décès correspondant et je l'ai déposé dans le panier « départ ». J'agis de cette manière depuis que j'ai commencé ce travail. C'est une habitude que j'ai prise, de regarder le nom du mort avant de le photographier. Mon prédécesseur, Abou Georges, celui qui m'a appris le métier, faisait l'inverse. Il photographiait avant de jeter un coup d'œil à l'identité du défunt. « C'est plus facile, m'avait-il expliqué. Les visages des uns et les noms des autres se mélangent et on les oublie plus facilement. À la fin de la journée, je ne sais plus qui j'ai photographié, qui est mort de quoi, et je rentre chez moi l'esprit serein. Tu devrais faire pareil. » J'ai bien essayé de suivre son exemple, mais ça me perturbait. Je préfère connaître mes morts. Abou Georges n'a pas insisté longtemps. Il était compréhensif, Abou Georges, et las, surtout. Il avait hâte de me passer le flambeau. Il m'a formé en deux semaines et puis il a pris sa retraite. Je le vois de temps en temps dans un café près de la grande mosquée. Il joue au trictrac avec ses amis, il me salue de la tête, m'offre parfois un thé. Il me demande des nouvelles de l'hôpital, je sens que c'est pour la forme, je réponds brièvement et nous n'abordons plus ce sujet. De toute façon, nous ménageons nos mots.

La chute du sixième étage s'appelait Hassan Faysal al-Mouni. Sans le certificat, je n'aurais jamais deviné qu'il était mort à dix-neuf ans. Il était comme raccourci, la tête un peu rentrée dans les épaules, une hanche déviée, un bras, le droit, de travers. Il avait la tête cabossée. « Cabossée », c'est le seul mot qui m'est venu à l'esprit. La présence de Salim derrière moi me dérangeait, je ne réussissais pas à trouver la fluidité de mes gestes, ni de mes pensées. En général, le premier de la journée, je lui parle un peu, parce qu'il m'est moins indifférent que les suivants. J'ai une pensée pour ses parents, pour sa femme, pour ses enfants, pour sa grand-mère, pour n'importe qui que je peux imaginer l'avoir aimé. Avec Salim derrière moi et Tony debout qui triturait sa manche, je n'y arrivais pas. Je n'avais que des questions dans ma tête. Pourquoi ce matin-là ne ressemblait-il pas aux autres ? Pourquoi fallait-il commencer par celui du tiroir en bas à droite ? Pourquoi je me pose des questions ? Ce n'est pas prudent de se poser des questions. J'ai vite collé mon œil au viseur et j'ai pris les photos, en m'efforçant d'agir comme d'habitude et de ne pas laisser mes interrogations transparaître. Il faut cinq ou six clichés par client. Abou Georges n'a jamais su m'expliquer pourquoi cinq ou six, et pas trois ou huit. Il n'a jamais su me dire qui avait décidé ça ni si la consigne était écrite quelque part, dans un cahier, dans un décret, dans un règlement interne ou national, ou dans une loi. « Ne pose pas trop de questions, fiston. » C'est grâce à ça qu'il a réussi à arriver jusqu'à l'âge de la etraite et au temps du trictrac, sans se laisser grignoter par les morts, ni dévorer par les vivants. À travers l'œilleton de mon appareil, j'ai saisi les arcades sourcilières, une orbite et une tempe enfoncées, le sang coagulé dans les cheveux, les lèvres éclatées sur des dents cassées, une oreille écrasée, des os brisés qui sortaient des chairs au niveau des articulations, des contusions violettes, des lambeaux de peau. Hassan Faysal al-Mouni était ma première chute d'un sixième étage. Ce n'est pas si fréquent, même ici, à la morgue de l'hôpital militaire. Même ici, les gens tombent rarement d'un sixième étage.

Salim a pressé Tony : « le suivant ». Tony a rangé Hassan Faysal al-Mouni et tiré le tiroir d'à côté. J'ai regardé l'étiquette, c'était la rixe et il s'appelait Mohammed Tabir. Il avait le même âge que le précédent. « Blessures à l'arme blanche et objet contondant », était écrit sur le formulaire. J'ai posé la feuille dans le casier « départ », ai collé mon œil au viseur et me suis appliqué. Peut-être qu'un chef, dans un bureau, avait trouvé que mes clichés laissaient à désirer et avait envoyé Salim vérifier que je ne bavardais pas avec Tony ou que je ne rêvais pas à Ania pendant le travail. Peut-être que Salim voulait s'assurer que je ne traînais pas. Peut-être qu'il cherchait à échapper à la surveillance de Moustache frémissante ou qu'il voulait un peu de silence. Peut-être qu'il était juste venu se distraire. Ou qu'il retardait l'écriture d'un rapport ennuyeux. Ou alors qu'il devait donner un cours à l'université sur le métier de photographe au service funéraire de l'armée, comme disent les bureaucrates de chez nous. J'ai essayé d'appliquer à la lettre l'enseignement d'Abou Georges. Pas de questions. Le cadre le plus neutre possible. La focale sur 50. La symétrie du corps. J'ai soigné comme ça Mohammed Tabir et les deux accidents de la route, deux frères, presque encore adolescents, Haytham Mahmoud et Bassel Mahmoud. Je me suis tant concentré que je n'ai pas bien remarqué les blessures des uns et des autres. Tony a refermé le dernier tiroir doucement, j'ai eu l'impression qu'il était soulagé de voir pendre mon appareil sur ma poitrine. Il a murmuré « de rien » quand je l'ai remercié avant de sortir, Salim sur mes talons.

J'ai enlevé ma blouse, l'ai suspendue à la patère et me suis dirigé vers mon bureau. Salim était toujours derrière moi. Il aurait pu marcher de front avec moi, le couloir est assez large pour deux personnes, mais il restait sur mes talons. Si je m'étais arrêté brusquement, il me serait rentré dedans. Je ne me suis pas arrêté, j'ai poussé la porte du service, Moustache frémissante était là. Il m'a fixé. Normalement, Moustache frémissante n'est pas là quand je reviens de la morgue en milieu de matinée. Il a regagné depuis longtemps l'ancienne chambre de malades qui lui sert de bureau, ou il est dans d'autres services, à boire le thé en compagnie d'autres chefs, ou il a quitté l'hôpital en prétextant une mission urgente à l'extérieur. En fait, il est rentré chez lui, est allé faire des courses pour sa femme, a rejoint sa maîtresse ou joue au trictrac en compagnie de ses amis. Je le sais parce qu'Abou Georges me l'a raconté. Abou Georges fait partie des compagnons de trictrac de Moustache frémissante, il l'a tellement fréquenté qu'il connaît tout de lui, jusqu'à la fois où il s'est emmêlé les pinceaux dans les cadeaux pour son épouse et sa maîtresse. Moustache frémissante aime beaucoup la lingerie, il a l'habitude d'en offrir. Un jour, en veine de générosité, il a acheté deux parures, une crème pour sa légitime, une violette pour son illégitime. Chacune enveloppée dans du papier de soie gris foncé et glissée dans un élégant sac cartonné. Seulement, il n'a pas pensé à mettre un sac sur le siège avant de sa voiture et l'autre sur le siège arrière, et il les a confondus. Le problème, c'est que sa femme a horreur du violet et qu'il ne peut l'ignorer tant elle s'en vante, jugeant que c'est une marque de distinction. Je ne sais pas comment Abou Georges a eu vent de l'histoire, en tout cas il en a ri pendant des jours.

Aujourd'hui, Moustache frémissante est debout devant mon bureau et je me retrouve coincé entre lui et Salim, toujours sur mes talons. « Tout s'est bien passé ? », me demande mon chef. Je hoche la tête en essayant de rester absolument impassible, je dois quand même avoir l'air étonné. « Il faut les envoyer vite, les photos, le bureau des décès les attend, les familles sont impatientes », il me presse. « Bien, bien », je réponds. Surtout ne pas poser de question. Ce n'est pas prudent.

Cinq

La procédure est simple et la routine apaisante. C'est un moment que je n'aurais jamais cru apprécier quand j'ai été embauché à l'hôpital militaire mais que j'ai aimé très vite, sans doute parce que j'ai toujours chéri le silence. La première fois qu'Abou Georges m'a emmené dans cette pièce exiguë, il m'a juste dit : « Maintenant, c'est le meilleur moment de la journée, prends ton appareil photo et n'oublie pas ton verre de thé. » Il a sorti une clé de sa poche, a ouvert une porte, tout au fond du couloir, à l'opposé de celle de la morgue. Ce n'est pas une pièce à proprement parler, plutôt un cagibi. Une seule fenêtre, très haute, une chaise, une table et un ordinateur à écran plat, l'un des très rares de l'hôpital. Ce jour-là, Abou Georges m'a montré comment insérer la carte mémoire de l'appareil photo dans le port de l'ordinateur et envoyer les photos au bureau des décès. « Elles arriveront avant les formulaires, eux, ils doivent attendre que la navette de fin de journée ait fini de remplir ses autorisations de sortie. »

Deux semaines plus tard, pour fêter mon embauche définitive et sa retraite, il m'a invité dans un petit restaurant de la vieille ville, près de la grande mosquée, à quelques rues de chez lui. Il y a ses habitudes depuis des décennies. Le patron, un de ses condisciples de l'école secondaire, a choisi son épouse pour ses talents de cuisinière et ses clients pour leur discrétion. L'intérieur est masqué de la rue par des voilages gris aux grosses fleurs rose passé. La peinture de la devanture tombe par écailles. Il n'y a pas d'enseigne, pas de pancarte, pas le moindre nom. « C'est le meilleur restaurant et l'endroit le plus tranquille de toute la ville », a assuré Abou Georges en posant son large postérieur sur une des étroites chaises en bois. « Aucune ligne dans aucun guide touristique. Pas un *moukhabarat*. Il n'y a plus rien à manger ni à boire quand il y en a un qui débarque. » Je me suis dit qu'il était vraiment en confiance dans cette gargote, qu'il m'avait pris en amitié ou alors qu'il voulait me piéger. Jamais jusque-là il n'avait prononcé le mot maudit à haute voix devant moi.

On ne parle pas des services secrets. Ce n'est pas prudent. Votre interlocuteur peut en être, des *moukhabarat*, et de la pire branche. Il peut boire avec vous, manger avec vous, jouer au trictrac avec vous et, le jour où il l'a décidé, vous faire enfermer là d'où on ne sort jamais. Abou Georges a bien remarqué ma réaction. Il a haussé les épaules, a grimacé un petit rictus et a fait signe au patron. « Abou Bassel, voici mon jeune camarade de l'hôpital militaire, c'est lui qui me remplace. Ce soir, je fête ma retraite. » Abou Bassel a souri et sa moustache est allée lui chatouiller les narines. Il a posé une main sur son cœur et l'autre sur sa bedaine. « Dans ce cas, Oum Bassel te fera marquer cette soirée d'une pierre blanche, mon ami ! » Et il s'est faufilé vers la cuisine par une porte deux fois moins large que son ventre. Il est revenu avec un grand pichet d'arak et deux verres pleins de glaçons. Abou Georges me regardait en plissant les yeux.

— Tu sais, la pièce de l'ordinateur, c'est le seul endroit où personne ne viendra jamais surveiller ton travail par-dessus ton épaule. Il n'y a qu'une seule clé pour entrer, celle que je vais te remettre. Personne n'y va parce que personne ne sait comment ça marche, l'envoi des photos, et les quelques fois où on me l'a demandé, j'ai sorti des explications tellement embrouillées qu'ils ont tous laissé tomber.

— C'est facile, pourtant. Aujourd'hui, tout le monde sait se servir d'un ordinateur et d'internet, je lui ai répliqué.

— Pas eux, mon fils, pas eux, ils vivent dans un autre temps.

— Mais pourquoi tout ce secret ? Il n'y a rien à cacher. Des photos, c'est tout. Tout le monde sait ce que nous faisons à la morgue.

— Tout le monde sait et tout le monde s'en fout. Mais il est bon de garder quelque chose pour nous seuls. Je n'ai jamais voulu qu'ils viennent mettre le nez dans les photos. Les morts ne sont pas un spectacle. On leur doit bien ça. Un peu de respect. Un peu d'intimité. Surtout aux nôtres, ceux de l'hôpital. Ils n'ont pas eu une mort facile. N'oublie pas qu'ils arrivent chez nous parce qu'elle ne les a pas pris dans leur sommeil.

Abou Bassel a apporté les plats sans qu'on n'ait rien commandé, ni vu une carte. Abou Georges s'est tu. Il a mangé le poisson grillé, les farcis et le mouton braisé avec délicatesse, il semblait leur témoigner du respect.

— Quand tu es arrivé, j'ai vu tout de suite que tu n'étais pas comme eux, il a repris à la fin du repas. Tu rêves trop pour un bureaucrate. Tu n'aimes pas les formulaires. Tu es du même village que le général Shajjar, n'est-ce pas ?

J'ai acquiescé.

— Alors tu es protégé. Mais fais attention malgré tout. C'est un beau salaud. Ce sont tous de beaux salauds.

Abou Georges avait bu beaucoup d'arak. Je n'ai pas relevé. J'ai pris la clé qu'il me tendait, j'ai remercié Abou Bassel et je suis rentré me blottir contre Ania.

C'était trois ans et sept mois avant les deux accidents de voiture, la rixe et la chute du sixième étage. Depuis le départ d'Abou Georges, bien peu de choses ont changé dans la pièce de l'ordinateur. J'ai obtenu un nouveau disque dur, plus puissant, et un écran de meilleure définition. J'ai appris à me servir des logiciels et n'ai jamais posé de questions. J'ai compris que le moment de l'envoi des photos me permettait d'échapper à Salim, à Moustache frémissante et à tous les autres qui viennent, chaque jour, mettre le nez dans nos affaires, boire le thé, flagorner, chercher un poste pour un neveu ou un cousin. Même si rares sont ceux qui ont envie de passer leur temps à la morgue, notre service est convoité. Le travail n'est pas très difficile et le salaire pas plus ridicule qu'ailleurs.

J'aime le moment où je ferme sur moi la porte de la pièce de l'ordinateur. Je prends tout mon temps parce que je leur dois bien ça, à ces morts. Abou Georges a raison, ils n'ont pas eu une mort facile. Ils méritent un peu d'attention. Pour les quatre de ce jour-là, j'ai fait la même chose. J'en étais à l'avant-dernier, le premier accident de la route, quand Salim a demandé en frappant à la porte : « Tu as bientôt fini ? » C'était la première fois qu'il se comportait ainsi. J'ai sursauté, j'ai failli renverser mon verre de thé, j'ai appuyé sur la touche *envoi* et j'ai répondu : « Oui. » J'ai senti que ma voix tremblait un peu et je m'en suis voulu. Il n'en faut pas beaucoup pour susciter les soupçons. Salim trouvait-il que je passais trop de temps dans la pièce ? Pensait-il que je profitais de mon isolement pour voler une sieste ? Avait-il été prévenu d'une inspection ? Avait-il entendu le tremblement dans ma voix ? M'attendait-il avec un *moukhabarat* devant la porte ? Cette avalanche de questions est longue à écrire, mais elle a fusé dans ma tête en quelques dizaines de millièmes de secondes. J'ai entendu Salim se gratter la gorge : « Je suis désolé de te déranger dans ton travail, mais il y en a d'autres, ça ne peut pas attendre, Tony doit partir bientôt. » D'autres ? À trois heures de l'après-midi ? Ça n'arrive jamais. J'ai respiré doucement pour retrouver une voix claire et j'ai répondu un peu trop fort : « J'arrive, j'arrive. » J'ai fermé toutes les applications, j'ai éteint l'ordinateur et j'ai ouvert la porte. Salim avait disparu.

Six

Ce soir-là, je ne suis pas rentré directement à la maison après le travail. Je ne voulais pas salir cette fin de journée de printemps, ni Ania ni les enfants qui devaient encore jouer dans le jardin de l'immeuble. Je ne voulais pas qu'Ania me regarde dans les yeux et s'inquiète. J'ai marché dans le vieux souk, mais l'agitation n'a fait que renforcer mon mal de crâne. Habituellement, cet endroit m'apaise. J'aime son entrée monumentale, même si je trouve que les grands portraits du président, de chaque côté de l'ancienne porte, la gâchent. Je peux faire abstraction des klaxons, du ballet des bâtons des flics de la circulation et des vendeurs de babioles sur les trottoirs, même du son des télévisions, mais pas de ces deux bannières criardes. C'est inconfortable, de devoir passer entre elles. Le président a le regard masqué par des lunettes de soleil d'aviateur, les lèvres serrées, le cou démesurément long, le menton levé. Il ne protège pas la ville. Il la mate.

Mais la vieille ville est magique. Elle réussit malgré tout à me faire oublier les Ray-Ban du président. Je lève la tête, j'admire le toit en carène de bateau renversée et j'ai l'impression de toucher le ciel. Je glisse sur les dalles de pierre noircies par les pas et les siècles, je suis transporté au temps de la splendeur de la ville, quand elle régnait sur le monde par son opulence et son érudition. Je me perds dans les venelles, les soieries, les laines, les produits de beauté et le babillage des femmes.

Mais pas ce jour-là. Ce jour-là, ma migraine plombait ma démarche. Ce jour-là, les boutiques agressaient ma vue, mon odorat et mon toucher. Je ne supportais pas les frôlements des robes des femmes, ni les badineries des vendeurs, ni les couleurs des foulards, de la lingerie, des fanfreluches, ni les fausses antiquités, ni l'odeur douce des épices. J'ai quitté le souk presque sans l'avoir regardé ni humé, je suis passé sous le portique romain et suis entré dans la grande mosquée. Je n'y étais pas venu depuis des lustres. Le marbre de la cour sous mes pieds nus a calmé ma migraine, le silence m'a mis du baume à l'âme. Je me suis assis tout au fond de la salle la plus éloignée, le dos contre le mur, les genoux repliés sur ma poitrine. J'ai regardé la lumière mourir derrière les hauts murs et je me suis retenu de pleurer quand l'imam a appelé à la prière. Il y a toujours des *moukhabarat* à l'affût sur les tapis. Ils cherchent de quoi remplir leurs rapports. Ils traquent la moindre expression extraordinaire. Un homme qui pleure, même caché à demi, surtout caché à demi, ce n'est pas normal. Pleurer hors des circonstances autorisées, ce n'est pas prudent.

Cela fait longtemps que je n'ai pas pleuré. Quand le minibus qui transportait vingt-quatre enfants et trois professeurs s'est encastré dans un camion en rentrant d'une excursion, je n'ai pas pleuré. Huit petits et un adulte, le chauffeur, avaient été tués ce jour-là. Il avait fallu que je travaille vite car le médecin légiste avait peu de temps pour les autopsies, l'émotion était si grande dans le pays, le président avait exigé que les cérémonies mortuaires revêtent toute la solennité requise. À l'époque, on ne tuait pas les enfants comme on écrase des insectes. À l'époque, je pouvais ne pas frissonner quand je voyais apparaître le président à la télévision. J'avais gardé au fond de moi les slogans de mon enfance, *Nous sommes tous à toi*, *Par l'âme, par le sang, nous nous sacrifierons pour toi*, *Nous, les gardiens de la patrie*. Le jour des funérailles nationales des huit enfants du minibus, devant l'attitude digne et souffrante du président, j'avais vacillé d'émotion.

Cet après-midi de printemps, j'ai vacillé de peur. Jamais je n'avais reçu autant de corps en même temps à l'hôpital. Assis dans la grande mosquée, les genoux repliés, j'étais encore terrifié. Je voyais le regard de Salim quelques heures plus tôt, dans la salle carrelée de la morgue. Il me vrillait le cerveau. Il n'était ni froid ni apeuré. Il n'était pas paniqué non plus. Je le sentais dans ma nuque alors que je passais d'un corps à l'autre.

Tony n'avait pas pu tous les mettre dans les tiroirs, alors il n'en avait mis aucun. Ils étaient seize, alignés côte à côte sur des brancards aux poignées poisseuses. Salim déposait les certificats de décès dans le casier « départ », un à un, après chaque série de photos. Il ne fait jamais ça, d'habitude. Il n'est jamais là pendant les prises de vue, d'habitude. Mais il était là, le doigt masquant le haut de la feuille où sont inscrits le nom et la cause du décès. D'un coup d'œil, j'ai réussi à déchiffrer le premier : « crise cardiaque ».

Ce n'était pas possible. Le garçon sur la civière à ras du carrelage ne pouvait pas être mort d'une crise cardiaque. Pas seulement en tout cas. S'il avait eu une crise cardiaque, elle avait été déclenchée par autre chose. Par quelque chose que je ne voulais pas voir, pas nommer, pas connaître, mais que mon appareil photo fixait dans sa carte mémoire. C'était un adolescent. Un gamin. Massacré. Son torse était couvert de coupures et d'hématomes, son visage aussi. Il avait du sang séché le long de la cuisse gauche, sous un trou large comme trois doigts de la main. Son crâne semblait avoir été rasé par une tondeuse abrasive, la peau était arrachée par endroits. Je n'avais pas pu voir son nom sur la feuille. Machinalement, j'ai zoomé sur l'étiquette à son poignet droit et j'ai déclenché l'obturateur. Deux fois. En plus du cliché habituel, juste le nom, j'ai élargi le plan, pour avoir l'étiquette et le corps dans le même cadre. Salim n'a pas réagi. C'était pourtant une photo de plus, une photo de trop. Tony, lui, l'a remarquée, je l'ai bien vu. Il n'a rien dit, ni la première fois, ni la deuxième, ni les fois suivantes. Je ne savais pas pourquoi je voulais associer dans un même cliché les corps blessés et les noms de tous ceux qui étaient allongés là, déclarés morts de crise cardiaque, de rupture d'anévrisme, de leucémie ou d'accident de la circulation. Les étiquettes aux poignets mentaient. Les certificats officiels mentaient.

Je me souviens de chacun des noms et de chacun des âges, et de l'ordre dans lequel je les ai photographiés. Mansour al-Tabiyyin, 16 ans. Iyad Jamoud, 16 ans. Nidal Farouch, 23 ans. Yasser al-Tallawi, 34 ans. Hamid Kashour, 25 ans. Mohamed al-Khatib, 19 ans. Wael Ihab, 17 ans. May Souleiman, 22 ans. Mervin Kako, 23 ans. Moussab Kawalani, 23 ans. Zaynab Tahhani, 18 ans. Bassem al-Shoukri, 20 ans. Mahmoud Khalil, 19 ans. Fahad al-Ramel, 32 ans. Sameh Dhaher, 26 ans. Ahmed Mawad, 19 ans.

Salim était pressé de me voir terminer mon travail. Il est sorti de la salle en me jetant : « Tu les envoies avant de partir. C'est urgent ! » Ses yeux fuyaient. J'ai pris le dernier cliché, un gros plan sur le nom d'Ahmad Mawad, et je me suis relevé. La tête me tournait un peu d'avoir été accroupi si longtemps, mes genoux étaient ankylosés.

Tony était plus pâle qu'à l'accoutumée, il avait la bouche entrouverte et les bras ballants. Il a murmuré :

« Je ne sais pas où je vais les mettre. » C'est à ce moment-là que j'ai remarqué qu'il tremblait. « Salim m'a dit qu'il y en aurait d'autres. Ce soir. Ou demain. Je ne sais pas où je vais les mettre. » Nous nous sommes regardés. La paupière de son œil gauche battait. Je suis sorti de la salle. J'ai accroché ma blouse à la patère à côté de la porte et je suis allé m'enfermer dans ma petite pièce.

Il y faisait terriblement chaud. Je sentais la sueur le long de mes tempes et sous mes aisselles. J'ai enregistré mes photos et j'ai regardé les seize corps, les uns après les autres, les treize garçons et les trois filles, les noms et les âges sur les étiquettes. J'avais déjà vu des morts abîmés. Tous les morts qui arrivent ici sont abîmés. J'avais déjà vu des torses bleuâtres et déchirés, des visages cabossés et des orteils sans ongles. C'était arrivé quelques fois, je m'en étais ouvert à Abou Georges. Il avait posé son jeton de dame et il m'avait dit à voix très basse : « Oublie-les. Ceux-là, oublie-les. » Je ne les avais pas vraiment oubliés, mais je les avais remisés derrière les yeux d'Ania et ils me laissaient en paix. Un par un, c'était facile.

Je ne savais pas comment j'allais faire pour ceux-là. Les treize garçons et les trois filles. Et les quatre du matin. Et puis il y avait les plans avec les noms, les âges et les blessures. Je n'avais jamais pris ce type de cliché avant. Je ne pouvais pas envoyer ça. Ce n'était pas prudent. J'ai effacé ces photos.

Mais avant, j'ai recopié les noms et les dates. La feuille est dans ma sacoche, à côté de moi, sur le tapis de la grande mosquée. Elle est pliée en huit et glissée dans le sac vide des biscuits à la fleur d'oranger. Je me retiens de pleurer. Je ne sais pas ce que je vais faire de cette feuille, des seize noms et de leur âge.

Sept

Ce jour-là, pour la première fois, j'ai menti à Ania. Alors que je quittais les tapis de la mosquée, que je croisais les fidèles qui venaient de faire leurs ablutions pour la prière du soir, je me suis vu rentrant à la maison. J'ai imaginé mes trois étoiles, comme tous les soirs, dans cet appartement qu'Ania et moi cherchions chaque jour à rendre plus chaleureux, joyeux, heureux.

Najma et Jamil ne seraient pas encore couchés, mais ils auraient déjà dîné. Ils seraient en pyjama, rouge pour Najma, à rayures vertes et jaunes pour Jamil. Najma serait installée à la table du salon, ses ciseaux et ses crayons de couleur à portée de main. Jamil jouerait dans leur chambre avec les trains miniatures que son oncle Haytham, le frère d'Ania, lui a rapportés de Londres pour Noël. Ou alors ils seraient tous les deux devant la télévision, à s'esclaffer devant des dessins animés ou à imiter le lion d'un documentaire animalier tourné au Kenya ou en Tanzanie. Ania serait en train de préparer notre dîner, ou elle ferait du repassage, ou elle se laverait les cheveux dans la salle de bains. À moins qu'elle ne guette, un peu inquiète, mon retour par la fenêtre. Je suis rarement en retard, je ne manque presque jamais le dîner des petits. J'aime écouter leurs conversations entre deux bouchées. Najma raconte sa journée à l'école, elle cite de mémoire des passages entiers de ses cours, elle pose des questions en tenant droite sa cuillère brandie vers le plafond. Jamil est dans la lune, il pose son poing droit contre sa tête et dessine dans sa nourriture son rêve du moment. Je le sermonne gentiment : il est impoli de manger de la main gauche, c'est celle qui sert pour les ablutions, on ne joue pas avec la nourriture, on se tient droit. Il me regarde derrière ses longs cils, sourit et change de main, ou plutôt de poing. Najma m'interrompt, elle veut, elle exige que je l'écoute, elle qui a tant à dire, et je n'ai pas répondu à sa dernière question. Je caresse ses cheveux bouclés qui me font tant penser à ceux d'Ania. Najma a le visage mutin de sa mère et ses yeux dorés. Jamil a les yeux noirs de mon père et le nez un peu busqué de ma mère. « Les deux sont têtus comme toi seul peux l'être », dit souvent Ania en riant à moitié.

Ce soir, je ne peux pas. Ania saurait dès que j'aurais franchi la porte. Je serais maladroit, j'aurais le regard vacillant. Elle ne m'interrogerait pas, pas en présence des enfants, mais eux aussi sentiraient que ce soir est différent des autres.

J'ai contourné la mosquée et me suis engagé dans les ruelles de la vieille ville. J'ai respiré fort, plusieurs fois, j'ai saisi mon téléphone. Ania a décroché aussitôt, je ne l'ai pas laissée parler. Je craignais que la douceur du rythme de ses phrases me fasse pleurer. J'ai prétendu que Salim m'entraînait encore une fois dans une de ses tournées et que je ne pouvais pas refuser : « Ce ne serait pas prudent. » Je parlais bas, la main à moitié sur le microphone, comme si j'étais avec Salim et d'autres. Elle n'a rien remarqué, je l'ai entendue soupirer légèrement. « Ne rentre pas trop tard, quand même. »

J'ai marché au hasard, dans une rue puis dans une autre. Ma sacoche me pesait. La feuille aux seize noms pesait dans ma sacoche. Près d'une porte de la vieille ville, j'ai croisé un groupe de touristes, des Européens. Ils étaient tous plutôt âgés. Les hommes portaient une casquette à visière *Sham Tour* en lettres vertes et blanches et des chaussures de marche. Les femmes frissonnaient dans des gilets trop légers. Souvent, les Européens s'imaginent qu'il fait chaud toute l'année chez nous. Pour eux, ici ou les Tropiques, c'est un peu pareil, on est au Sud. Ils ne savent pas qu'il peut neiger ici. Ni que les nuits, au début du printemps, sont fraîches. Je me suis toujours étonné que personne, parmi les organisateurs de voyage, ne le leur dise. « Ils le leur disent, ils n'écoutent pas, c'est tout », m'a répondu Ania un jour. Salwa, une de ses amies d'enfance, travaille pour une agence de voyages. « Il fait tellement gris dans leurs pays que, pour eux, aussitôt qu'il y a du ciel bleu et un grand soleil, ça veut dire qu'il fait chaud. Et les Européennes, tu sais bien, aiment sentir l'air sur leur peau nue. »

Je n'ai pas reconnu la langue que parlaient les touristes, mais je n'ai jamais été très doué pour les langues. Le groupe marchait serré, sauf deux d'entre eux, un peu en arrière, qui prenaient des photos des maisons et des boutiques. Elles plaisent beaucoup, nos vieilles maisons et nos échoppes tout éclairées le soir, les vendeurs de fruits et légumes, les épiceries et leurs marchandises bien agencées dans des paniers sur le trottoir, les coiffeurs et leurs sèche-serviettes sur le pas de leur porte, les cafés et leurs vitrines qui donnent sur les joueurs de trictrac. Je les ai suivis quelques minutes, de loin, pour ne pas me faire remarquer. Il n'aurait pas fallu qu'un policier en civil ou un *moukhabarat* pense que je voulais m'en prendre à l'un d'eux. Les touristes sont une denrée précieuse. Ils rapportent des devises. Surtout, ils rapportent chez eux l'image d'un pays doux et policé, un pays sûr et civilisé, où les gens sont beaux et gentils, souriants et polis. L'inverse des pays voisins, pleins d'attentats et de massacres, sur leurs télévisions, de femmes qui hurlent en jetant leurs bras au ciel, d'enfants morts et d'énormes nuages de poussière après les explosions. Salwa me l'a dit un jour : « L'image du pays est importante. Le président tient comme à la prunelle de ses yeux à ce que le monde entier sache qu'il fait bon vivre chez nous et qu'il fait bon y venir. Il tient à ce que le monde sache la vérité, juste la vérité. » Je n'ai pas su si elle était sérieuse ou si sa phrase dissimulait de l'ironie. Je ne le lui ai pas demandé. Ce n'était pas prudent.

Depuis toujours, les étrangers sont surveillés de près. On ne veut pas qu'ils aient de mauvaises fréquentations. Qu'ils fassent de mauvaises rencontres. On ne s'en approche pas facilement. Je n'ai jamais parlé à un de ces visiteurs venus d'Europe pour quelques jours. Je sais ce qu'ils visitent et comment, grâce à Salwa, qui s'en vante souvent.

Ce jour où la liste des seize noms et mon mensonge à Ania pesaient si lourd dans ma sacoche, les touristes à la casquette *Sham Tour* sont les derniers que j'ai vus en ville. Je les ai quittés quand ils se sont engouffrés dans un des restaurants les plus courus du quartier. Trois hommes en costumes mal coupés ont franchi la porte derrière eux. Ils portaient la moustache de rigueur dans le parti unique il y a trente ans, la chemise blanche et la cravate sombre des bureaucrates des *moukhabarat*. J'ai eu l'impression d'espionner, j'ai hâté le pas. Ma sacoche me battait la hanche.

Je me suis retrouvé devant la vitrine d'Abou Bassel sans l'avoir cherché. En regardant les rideaux gris aux grosses fleurs roses, j'ai senti le goût de l'arak sur ma langue. J'avais envie de boire de l'arak. J'en avais envie avec eux. J'ai poussé la porte. Abou Bassel et Oum Bassel étaient assis à une table face à Abou Georges. Ils semblaient remplir le restaurant de leurs bedaines, il n'y avait personne d'autre. Ils se sont tous les trois levés brusquement et Oum Bassel a disparu dans la cuisine. « Il est tard, mon fils, et tu as mauvaise mine », m'a dit Abou Georges en me serrant dans ses bras. Abou Bassel m'a fait signe de m'asseoir et il est parti chercher un verre avant de quitter lui aussi la salle.

Il y avait un grand pichet d'arak sur la table.

— Comment va ta famille ? m'a demandé Abou Georges.

Je lui ai dit que tout allait bien, que les enfants grandissaient.

— Et à l'hôpital, ça va ?

— C'est toujours la même chose. Le travail ne change pas.

J'avais les yeux dans mon verre d'arak mais j'ai vu qu'il ne me croyait pas. Abou Georges est un homme intelligent. À force de fréquenter le silence des morts et la bizarrerie de Tony, il sait percer les âmes. Il a posé sa main droite sur ma main droite.

— Mon fils Joseph est à l'armée en ce moment. Il m'a raconté des choses terribles.

J'ai senti que mes doigts se mettaient à trembler, mais je suis resté silencieux.

— Il ne faut pas croire les médias d'ici. Des enfants meurent. Des femmes sont tuées. Il l'a vu. Des amis à lui l'ont vu.

J'ai bu une grande gorgée d'arak sans le regarder.

— Un jour Abou Bassel te racontera son histoire. Tu sauras alors que tu peux parler ici sans crainte.

Il a bu aussi.

— Mais quand même à voix basse.

Il avait un sourire derrière sa moustache. Nous avons fini le pichet d'arak. Abou Georges a proposé de me raccompagner en voiture.

— C'est plus prudent.

Il a attendu dans sa voiture que je referme la porte de l'immeuble derrière moi. Je suis resté un moment dans le noir à écouter les bruits de l'immeuble. Rien ne bougeait chez le concierge, mais je ne pouvais pas savoir s'il n'épiait pas derrière sa porte. Tout le monde sait que les concierges font des rapports aux *moukhabarat*. Un chat est venu se frotter à ma jambe, il m'a fait sursauter. Dans l'obscurité, je ne voyais pas s'il s'agissait du roux, qui a élu domicile sous la cage d'escalier depuis quelques semaines, ou du blanc qui préfère la cahute sur le toit. Une télévision bourdonnait dans les étages, les voix d'un homme et d'une femme volaient en éclats. Les voisins du premier, sans doute, ils n'arrêtent pas de se chamailler pour un oui ou pour un non. J'ai commencé à gravir les marches dans le noir en me tenant au mur. L'arak et l'obscurité me faisaient vaciller. Je suis arrivé à notre palier, j'ai tourné la clé dans la serrure le plus silencieusement possible. Ania et les enfants dormaient. J'ai allumé dans la cuisine, posé ma sacoche sur la table. Je me suis servi un verre d'eau. Je ne sais toujours pas quoi faire des seize noms.

Huit

Je me suis levé tard ce matin-là. J'avais la bouche pâteuse et la tête lourde, je n'ai pas pour habitude de boire autant d'arak. Ni de me faire raccompagner en pleine nuit par Abou Georges. Ni de porter une sacoche lourde de seize noms.

Le printemps entrait par le balcon. Najma m'avait laissé un mot, « bon réveil mon papa », surmonté d'un soleil, sur la table de la cuisine, entre le pain et le fromage, et Jamil avait gribouillé un « je t'aime », entouré d'un cœur. Ania avait pressé des oranges et déposé une boîte d'aspirine à côté. Personne n'avait touché à ma sacoche déposée près de la télévision. Les seize noms n'avaient pas bougé.

Je me suis fait un café bien fort et j'ai regardé le ciel azur. Je me souvenais de tout. Les corps et les noms, les âges et la main tremblante de Tony, la clé de la pièce et les certificats de décès, ma blouse sur la patère et la porte de la cuisine d'Abou Bassel, les yeux d'Abou Georges au-dessus de son verre d'arak, les cris des voisins dans la cage d'escalier, le parfum des draps et la douceur de la peau d'Ania derrière son oreille, la respiration tranquille de Najma et le bras de Jamil autour de sa peluche. Tout était clair et net, comme un paysage dans l'air glacé de l'hiver. J'ai allumé la télévision. Je suis resté un moment devant un feuilleton idiot. Les acteurs faisaient des moulinets avec leurs bras, riaient et pleuraient à grands seaux, le maquillage dégoulinant, se claquaient les portes au nez. Les images de la veille ne voulaient pas s'estomper. Je n'ai pas tout de suite prêté attention au générique du journal, ni au présentateur. Je ne regarde plus les informations à la télévision depuis longtemps. Gamin déjà, j'avais compris qu'elles ne variaient pas beaucoup d'un jour à l'autre. Elles commencent et se terminent toujours par le président. Il visite une usine, une ferme ou un stade, il serre des mains et fait un discours dans lequel il encourage la nation, il reçoit des présidents étrangers ou il est accueilli dans les capitales les plus prestigieuses du monde, il félicite ou admoneste l'équipe nationale de football. Quelque temps, je me suis amusé à repérer les ministres et surtout les conseillers qui l'accompagnent en troupeau serré, à noter leur proximité ou leur éloignement de la personne du président, d'un jour à l'autre, d'un mois à l'autre. Mon père était très assidu à ce jeu-là, ils en tiraient, lui et ses amis, des prédictions comme les voyantes de leurs cartes. Puis j'ai reporté mes facultés d'analyse sur les regards et les déhanchements d'Ania et sur les résultats des équipes de football étrangères. On ne dit pas « je ne fais pas de politique ». On ne fait pas de politique, c'est tout.

Ce matin-là, le printemps entrait par la fenêtre, les noms gisaient dans ma sacoche et le présentateur avait l'air grave et la cravate de travers. Des images de chars et de militaires prises de nuit ont envahi l'écran. Les soldats étaient sur le qui-vive, les tanks roulaient à faible allure devant eux. Je reconnaissais les uniformes, c'étaient les mêmes que ceux que je voyais dans mon hôpital. J'ai monté le son. J'ai entendu les mots « terroristes », « étrangers », « patrie », « danger », « guerre », « complot », « fermeté » et de nouveau « terroristes ». Le président est apparu, il saluait des généraux médaillés et ventrus, allait de l'un à l'autre, la tête raide au-dessus de son long cou, il y avait au milieu du salon d'apparat les mots « patrie », « fermeté » et puis « détermination », « mission », « indépendance ». J'ai éteint la télévision, je suis resté assis un moment devant l'écran noir et j'ai regardé ma sacoche. « Ils tuent des femmes et des enfants », avait dit le fils d'Abou Georges. J'avais seize morts dans ma sacoche. Certains étaient encore des enfants.

J'ai fait le tour de l'appartement, il fallait que je cache la liste. Ce n'était pas prudent de la laisser à portée de Najma et Jamil. On ne sait pas ce que les gamins se racontent dans la cour de récré. Je me suis arrêté devant la penderie de notre chambre. Tout au fond, sous une housse transparente, il y a mon costume de mariage. J'oublie souvent qu'il est là. C'est un beau costume, bleu sombre, que le tailleur de la famille avait parfaitement ajusté. Il n'a pas quitté sa housse depuis longtemps, j'ai du mal à fermer le pantalon et la veste. Le mariage m'a fait un peu grossir. J'ai sorti les seize noms de ma sacoche, j'ai rajouté à la liste ceux du matin, parce que je ne voulais pas qu'ils restent seuls et que je finisse par les oublier. J'ai soigneusement plié la feuille, je l'ai glissée dans la poche intérieure de la veste et j'ai refermé la housse.

Ania est rentrée peu après avec les enfants. Je les ai entendus depuis le bas de l'escalier. Najma chantonnait.

— J'aime ma patrie, j'aime mon président…

J'ai senti l'air printanier devenir glacé.

— C'est une nouvelle chanson, tu l'as apprise à l'école ? je lui ai demandé.

Elle a hoché la tête sans s'interrompre et Jamil a repris les paroles :

— Moi aussi je la connais, je l'ai apprise aujourd'hui !

Ils se sont mis à chanter en chœur à tue-tête. Ania est intervenue :

— Moins fort, je crois que votre père a mal à la tête ce matin.

Et elle les a poussés dans leur chambre en leur demandant de préparer leurs affaires pour le week-end. Nous partons au village d'Ania où mes beaux-parents nous attendent dans la maison familiale et il n'y a pas de temps à perdre si nous voulons éviter les embouteillages. Tout le monde va se précipiter sur les routes avec les premiers vrais beaux jours. J'ai dans la voiture les musiques préférées de la famille. Nous n'écoutons jamais la radio, encore moins les bulletins d'information.

Neuf

Un peu avant la sortie de la ville, nous avons été bloqués dans un embouteillage. Sur les bas-côtés, des gamins tout juste sortis de l'école, des matrones, des moustachus virils et des vieillards édentés agitaient des petits drapeaux et des photos du chef de la nation. Des policiers en tenue s'évertuaient à écouler le flot des voitures le plus lentement possible le long de la petite foule. Les uniformes brillaient au soleil, ils portaient des gants blancs et des matraques cirées dont les balancements amicaux accompagnaient les « Par notre sang, par notre âme, nous te défendrons, ô notre patrie », « Par notre sang, par notre âme, nous te protégerons, ô président ». Ania regardait droit devant elle. Je voyais la commissure de ses lèvres se serrer. J'ai éjecté le CD pour ne pas faire obstacle à l'invasion de l'habitacle par les slogans. C'était plus prudent. À l'arrière, Najma et Jamil riaient et répondaient aux signes de main. C'était la première fois qu'ils voyaient un tel rassemblement. D'habitude, les gens ne manifestent pas, sauf pour des événements programmés longtemps à l'avance. Des voitures ont commencé à klaxonner en rythme. Une main a brandi un portrait haut au-dessus d'une vitre, une autre a fait tournoyer un drapeau. Najma a repris avec enthousiasme, « Par notre âme, par notre sang, nous te protégerons, ô président ! » Des femmes ont lancé des youyous. Ania m'a regardé, j'ai appuyé sur le klaxon deux ou trois fois. La foule était clairsemée, un rang seulement de chaque côté de l'avenue, mais elle s'étendait sur des centaines de mètres. Des calicots en toile tenus par des hommes en pantalon de tergal proclamaient la confiance du peuple envers son chef. Des jeunes en cheveux gominés et blouson d'hiver circulaient entre le cordon de policiers et la foule, l'œil en éveil. Alors que j'accélérais un peu, j'ai croisé le regard de l'un d'eux. Les morts de la morgue m'ont sauté au visage. Les images de la télévision ont envahi le pare-brise. J'ai fixé le pare-chocs de la voiture qui me précédait. Jamil à son tour chantonnait, « Par notre âme, par notre sang ! » Ania a posé sa main sur la mienne, au-dessus du levier de vitesse.

Nous sommes arrivés au village en milieu d'après-midi. Les arbres fruitiers étaient blancs de fleurs et les pierres des maisons, jaunes de soleil. Mon beau-père lisait le journal sur la terrasse, un verre de thé posé sur sa petite table basse branlante, et ma belle-mère remuait des casseroles dans la cuisine. J'ai posé les sacs dans notre chambre et j'ai rejoint mon beau-père. Ania a envoyé les enfants jouer à la balançoire dans le jardin et est allée retrouver sa mère. Le reste du jeudi s'est passé lentement. J'aime la sérénité immobile du lieu. Le vendredi, j'ai accompagné mon beau-père au village pour saluer ses connaissances. Il tient à ce rituel, il veut s'y afficher avec son gendre, il montre que l'harmonie règne dans la famille. Il souffre de l'expatriation de son seul fils. Ania m'a raconté les scènes terribles quand Haytham lui a annoncé qu'il ne reviendrait pas au pays après ses études, qu'il resterait à Londres pour y travailler et y élever ses enfants. Mon beau-père ne se résigne pas au monde qui change. C'est un homme instruit, il est fier d'avoir été le premier de sa famille à être allé jusqu'à l'université, fier d'avoir fait carrière dans son ministère, celui de l'agriculture, où il a fini directeur adjoint de je ne sais quel service. Il se pense progressiste car sa fille est elle aussi allée à l'université et a décroché ses diplômes haut la main. Il se vante qu'elle travaille aujourd'hui dans le secteur privé, « comme toute jeune femme moderne ». Je sais qu'il préférerait qu'elle se consacre à Najma et Jamil et à son intérieur, ce qui, dans son esprit, correspond le mieux à la bourgeoisie, fût-elle petite ou moyenne. Jamais il ne l'avouera. Jamais il ne me reprochera de ne pas gagner assez d'argent, avec mon métier qui n'en est pas un, pour entretenir dignement ma famille. Il sait aussi qu'Ania tient à son poste de laborantine, il sait que les enfants sont heureux. Mais ce monde n'est plus le sien. Il ne le comprend pas et ne tient pas à le comprendre. Dans la maison, il y a les photos de son père et de son grand-père, moustaches fières et tarbouches dressés. Il trouve que je devrais arborer la même pilosité même si, dit-il dans un sourire contraint, « ce n'est plus à la mode, c'est dommage ». Il m'apprécie, pourtant, parce qu'il m'a connu gosse dans l'impasse, parce que je suis sérieux, parce que j'aime sa fille et que je suis le père de ses petits-enfants qui rient sur la balançoire les après-midi de printemps. Je l'apprécie parce qu'il ne me méprise pas même si mon métier le déçoit et parce qu'il ne triche pas au trictrac. Nous buvons de l'arak ensemble, du café avec ses amis du village, et je les écoute commenter les heurs et malheurs des ministres et des conseillers en décryptant les photos dans le journal.

Après la prière ce vendredi-là, il a souligné de son index les phrases d'un éditorial dans le journal.

— Tu vois, mon fils, maintenant c'est notre tour.

Je n'ai pas ouvert la bouche.

— Tu ne comprends pas ? Vous, les jeunes, vous avez oublié l'histoire. Les Américains et les Israéliens ont réussi à se débarrasser de Moubarak, de Ben Ali, ils veulent briser notre président pour nous mettre à genoux. Comme d'habitude, leurs agents se cachent derrière des écervelés manipulés par ces mécréants de Saoudiens. Ils ne supportent pas qu'un pays fier leur résiste. Ils ont déjà essayé par le passé, à maintes reprises, et les Français avant eux. Ils n'ont pas réussi, nous sommes sortis toujours plus forts. Ils échoueront encore. Dieu les maudisse. Tous.

Il a martelé de l'index le titre de l'article.

— Contre le terrorisme, un pays, un peuple, un président.

J'ai hoché la tête gravement. Ne pas réagir aurait été imprudent.

Nous sommes partis après le dîner, le coffre chargé des victuailles préparées par ma belle-mère. Au moment des adieux, debout à côté de la voiture, j'ai prévenu que je ne pourrais pas amener Ania et les enfants le week-end suivant car mes supérieurs m'avaient programmé une formation sans me demander mon avis. J'ai pris l'air compassé de celui qui ne choisit pas. Le visage de ma belle-mère s'est fermé de tristesse. Depuis que mon beau-père est à la retraite, ils s'installent au village dès la fin de l'hiver et jusqu'à la fin de l'été. L'air est meilleur ici, plus frais et plus sain, les jours et les nuits plus aérés et « les enfants ont bien besoin de quitter la pollution qui est mauvaise pour leur croissance », répète chaque année ma belle-mère. En fait, elle s'ennuie au village, loin de ses amies et de ses clubs. Elle n'a ici que son mari qui lit son journal sur la terrasse, et ses casseroles. Najma et Jamil sont ses seules distractions : Haytham et ses enfants vivent si loin, ils ne viennent au pays que tous les trois ou quatre ans et « ressemblent maintenant tant à de petits Anglais qu'ils perdent leur arabe ». Ils ont rejoint la diaspora, qui est comme une autre planète. Mes beaux-parents regrettent d'avoir laissé partir leur fils aîné. Ils ont oublié avec quelle fierté ils prononçaient *business school* en parlant de son école anglaise, payée grâce à l'héritage d'un oncle veuf, sans enfant et fortuné. Ils le voyaient revenir conquérant, diplôme en poche, toque sur la tête et toge sur le bras. Ma belle-mère commençait à se renseigner discrètement sur les filles à marier de son rang. Ania en riait avec un pincement au cœur : « Ils me laissent te fréquenter, toi, qui es né dans la même impasse que moi, ils sont trop occupés par le brillant avenir de mon frère. » Mais Haytham a pris goût à la vie londonienne et il a construit son brillant avenir tout seul. Il est revenu un été, diplôme en poche, poste dans une banque prestigieuse dans une main, fiancée dans l'autre, et il a bien fallu que mes beaux-parents acquiescent. L'élue est palestinienne de Syrie, parle avec l'accent de Damas, mais elle n'a plus d'attaches ici et « elle s'habille comme une Anglaise, jeans et tee-shirt ». Leurs jumeaux sont aujourd'hui des adolescents qui écoutent du rap et leur fille, qui a trois ans de plus que Najma, attend impatiemment l'âge des piercings. Ils se sont ennuyés chacun des trente-cinq jours qu'ils ont passés ici l'été dernier. Ma belle-mère en a été déçue et blessée. Depuis, elle se reporte tout entière sur Najma et Jamil. Ania ne veut pas aller chaque week-end au village, elle ne veut pas du journal sur la terrasse et des casseroles tous les jeudis après-midi et les vendredis. « Je suis un peu trop jeune et jolie pour les retraites hebdomadaires », m'a-t-elle dit un soir. Je n'ai pas discuté, je suis d'accord. Debout devant la voiture, j'ai menti avec son aval, encouragé par le souvenir de l'index approbateur de mon beau-père sur la manchette du journal « Contre le terrorisme, un pays, un peuple, un président ». À la sortie du village, elle a passé ses lèvres au rouge et elle a posé sa main sur ma cuisse.

Dix

Les morts s'amoncellent. Ils arrivent en paquets de six ou douze ou quinze, tôt chaque matin et parfois dans la journée. Ils arrivent nus ou un slip déchiré sur les hanches. Ils ont le corps juvénile ou avachi, velu ou glabre, le cheveu abondant ou rare, long ou court, les attaches fines ou épaisses. Ils arrivent une étiquette au poignet droit. Ils ont des traînées de sang frais et des croûtes sombres, des bleus larges ou étroits violets, jaunes, verts. Ils ont les doigts retournés et les ongles arrachés. Ils ont les os déboîtés et les tendons apparents. Ils ont les côtes enfoncées et les tétons brûlés. Certains ont le pénis coupé et d'autres les orbites vides. La plupart sont jeunes, en tout cas je les devine jeunes. Là où il n'y a ni bleu ni sang coagulé, la peau semble ferme et douce. Il m'est pourtant difficile de leur donner un âge, tant les bourreaux les ont abîmés. Et je ne crois plus les étiquettes à leur poignet droit, ni les certificats de décès. Je ne crois que les noms. Ils n'iraient pas jusqu'à inventer les noms. Leur bureaucratie a besoin des noms.

Tony les aligne sur le sol. Parfois, il en fait attendre dans le couloir sur des brancards dont les roues grincent. Tony ne les met plus dans les tiroirs, sauf quand il n'y a plus de place autre part. Il ne veut plus se fatiguer à les faire entrer, sortir, entrer de nouveau. « Il y a trop de passage », il m'a dit un jour où je m'étonnais, entre deux gorgées de thé tiède. Tony réserve les tiroirs à ceux qu'il appelle ses « chéris ». Ceux qui sont comme nos morts d'avant, décédés dans une rixe, un accident de voiture, tués par une épouse exaspérée ou un cousin acariâtre. Ceux-là ont droit à sa considération et à ses tiroirs. Ils sont propres. Ils ont le droit d'être autopsiés et recousus. Leurs yeux sont fermés. Leurs corps sont recouverts d'un drap blanc. L'étiquette à leur poignet ne ment pas sur leur âge. Leurs parents seront prévenus. Ils seront pleurés et inhumés dignement selon le rite de leurs ancêtres. Les autres, ceux qui l'envahissent, ne méritent pas le moindre égard. « Les terroristes », il les appelle, quand il ne les désigne pas d'un mouvement de la tête, la bouche serrée et dédaigneuse.

Il n'a pas toujours été comme ça, Tony. Au début, il ne buvait plus de thé car sa main tremblait trop. Elle ne tremble plus et il a changé de tasse, la nouvelle arbore le visage du président. Il y a quelques semaines, son regard fuyait les corps et se perdait dans les murs. Maintenant, il me fixe, j'ai l'impression qu'il guette la moindre hésitation, la moindre compassion. Arrivé à la morgue, à peine ma blouse enfilée, je l'ai vu donner de grands coups de pied dans la roulette bloquée d'un brancard, la mâchoire verrouillée. « Ces salauds ont tué Fawzi. Ces fils de pute l'ont abattu comme un chien. » Fawzi était son voisin et un de ses amis d'enfance. Il avait vingt et un ans, il faisait son service militaire et le beau auprès des filles, après la messe, quand il était en permission. Celui sur le brancard dans lequel il shootait n'était pas tellement plus vieux. Il n'avait pas été abattu. Personne ne ferait à un chien ce qu'ils lui avaient fait à lui. « Qui l'a tué ? », j'ai demandé, mon appareil photo au bout du bras. Tony m'a regardé, interdit, et il a tapé de son poing le bord du brancard si fort qu'un bras a glissé et s'est mis à pendre, puis il a quitté la pièce en sifflant des injures entre ses dents. Je ne sais pas si elles m'étaient destinées. J'ai pris la main du mort et l'ai posée sur sa poitrine. Ses doigts étaient tous tordus et entaillés. La partie gauche de son crâne était enfoncée, ses cheveux rasés par endroits. Je devinais ses globes oculaires sous ses paupières gonflées. Je ne voulais pas savoir ce qu'ils avaient vu. J'ai regardé l'étiquette à son poignet droit, elle disait qu'il s'appelait Azzam Azzaz et qu'il avait seize ans. J'ai senti les larmes monter de ma gorge et je me suis réfugié derrière mon appareil. J'ai photographié Azzam. De haut en bas, centimètre par centimètre. Et puis encore de bas en haut. J'ai tout photographié. Chaque trace. Chaque coup. Chaque traînée de sang. Chaque os. J'ai fait pareil pour les autres. J'ai coincé mes larmes dans ma gorge et j'ai photographié. Les douze autres. Ils étaient treize ce matin-là. Azzam et ses compagnons de souffrance. Je suis parti avant que Tony ne revienne. Je me suis enfermé dans la petite pièce avec l'ordinateur et les photos. Je ne pouvais pas envoyer les clichés. Ils n'étaient pas réglementaires.

J'ai laissé les larmes monter. Je les ai laissées sortir. J'ai attendu que tout le monde parte. Je ne risque rien, en fin d'après-midi le service est complètement vide. Comme avant. Comme avant que les morts ne nous envahissent. Ils nous ont perturbés quelques semaines et puis tout est rentré dans l'ordre. Il y a une surcharge de travail mais les militaires savent s'organiser.

Au début, Salim venait me chercher quand arrivait une nouvelle fournée, maintenant, je ne m'arrête au bureau que pour poser ma sacoche et ma veste et je vais directement à la morgue. Je sais qu'ils sont déjà là, par terre. Ils arrivent avant que je ne quitte la maison. Ils sont morts avant que je ne me réveille auprès d'Ania. Ils sont étendus là, leur étiquette qui ment au poignet droit, avant que Najma et Jamil n'aient enfilé leur uniforme pour l'école. Quand ils ne sont pas trop nombreux, Tony les aligne les uns à côté des autres, séparés l'un de l'autre par un carreau exactement, la tête vers les tiroirs, les bras le long du corps. Tony aime les choses bien rangées. Je le sais, je suis allé une fois chez lui. Chez ses parents, plutôt, où il habite car il n'est pas encore marié. Dans le salon, la table basse est recouverte d'une petite nappe brodée disposée exactement au centre. Il y a des fleurs en plastique parfaitement dépoussiérées dans un vase tarabiscoté et un cendrier de chaque côté sans trace de cigarette. Sur un petit guéridon, dans un coin, des photos encadrées de Tony et de son frère Émile autour d'une vierge dans une bulle de verre. Tony et Émile sont enfants, ils ont tous les deux la même coiffure, une raie sur le côté, et le même sourire. Les murs sont jaunes et vides, les deux canapés et les deux fauteuils violet passé. Sa mère a les cheveux au carré soigneusement lissés et une petite chaîne avec une croix sur son chemisier boutonné jusqu'en haut. Elle trouve que le travail de Tony lui va bien « parce qu'il demande le sens de l'organisation ». Elle est fière que son père ait pu lui décrocher ce poste car « il a des relations ». Le père de Tony est fonctionnaire dans une administration, mais j'ai oublié laquelle.

Moustache frémissante est venu un matin constater que la morgue est trop petite. Il n'est pas resté longtemps. Moustache frémissante ne goûte pas la compagnie des morts. Il n'a pas demandé à diriger ce service. Salim m'a glissé un soir où il avait abusé du whisky que Moustache frémissante avait été « déposé là comme on dépose un vieil objet dans le coin le plus sombre d'une armoire ». Il avait un poste important et puis il est tombé en disgrâce. Il n'avait pas choisi les bons protecteurs. Je n'ai pas demandé de précisions. Ce n'est pas prudent.

Moustache frémissante s'efforce de rester flamboyant, mais nous avons tous senti que la « situation », ce mot qu'on utilise maintenant, ne lui plaît pas beaucoup. Tous ces morts l'encombrent. Il arrive le matin d'un pas pressé, pose les journaux sur son bureau, les titres sur *Les gangs armés* bien en évidence, et disparaît. Il soigne sa mise, costume et cravate de prix tous les jours, « en hommage à notre pays digne face au danger », et laisse Salim régner sur le service.

Salim ne vient plus jamais à la morgue. Il signe les certificats de décès sans même y jeter un coup d'œil, « ces chiens ne méritent pas une seconde de mon attention, j'ai mieux à faire ». Lui qui aimait montrer qu'il pouvait s'acheter des pantalons et des chemises étrangères, il est arrivé la semaine dernière en uniforme et, depuis, vient chaque jour « vêtu comme un soldat, car j'en suis un ». À dix heures, un planton vient prendre ses chaussures montantes et les lui rapporte cirées et brillantes.

Il m'a annoncé que le ministère avait décidé d'accorder une prime substantielle aux fonctionnaires qui le méritaient et qu'il avait inscrit mon nom sur la liste, « tout en haut ».

Je sais qu'ils veulent que je me taise. Je sais qu'ils ne veulent pas que je parle d'Azzam Azzaz, ni d'aucun autre. C'est une affaire interne et les « bandes armées » n'ont pas de visage, ni le nez cassé, ni les côtes défoncées, ni les doigts brisés, ni les ongles arrachés, ni les pénis brûlés, ni les oreilles arrachées. Les « bandes armées » ont des fusils donnés par l'étranger et des billets plein les poches.

J'ai regardé Azzam et les autres sur l'ordinateur de la petite pièce. J'ai envoyé les photos réglementaires et j'ai effacé le reste de mon disque dur. Mais j'ai emporté la carte mémoire dans ma sacoche en quittant l'hôpital. Au milieu des gâteaux secs à la fleur d'oranger auxquels je n'avais pas touché.

Onze

Je ne parle pas des morts à Ania. Je les ramène pourtant à la maison, soir après soir. Au début, j'ai essayé de les semer. J'ai pris des chemins détournés pour rentrer. Mais ils m'ont suivi. Les morts sont des gens têtus. Ils m'accompagnent dans l'escalier de l'immeuble, rentrent dans l'appartement, dorment dans notre lit et commentent les informations à la télévision. Ils font les gros yeux quand Najma ou Jamil chantonnent leurs nouvelles comptines à la gloire du président.

Les morts sont des gens discrets. Pendant longtemps, ni Ania ni les enfants ne se sont rendu compte de leur présence.

Azzam Azzaz prend beaucoup de place. Je ne sais pas quoi faire de lui, ni de ses compagnons du jour. Je sais d'où il vient. Avant de partir de l'hôpital ce jour-là, j'ai regardé dans les dossiers posés sur le bureau de Moustache frémissante. Chaque matin, en même temps que les morts, ils apportent une petite pile de feuilles. Chaque mort a la sienne. C'est une histoire courte. Elles ne racontent pas leur vie, leurs sourires, leurs joies, leurs amours, leur plat favori, leur couleur préférée. Elles disent juste des dates et des lieux. Quand et où ils sont nés. Où et quand ils ont été arrêtés. Où ils ont été emmenés. Qui dirige le lieu où ils sont morts. Par qui ils ont été torturés. Nous sommes un pays organisé.

Je connais l'existence des feuilles depuis longtemps. Moustache frémissante me les avait brandies à la figure un jour qu'il se plaignait de l'engorgement de la morgue. « Tous ces bandits payés par l'étranger, il en vient de partout », il avait hurlé avant de lire les noms et les lieux. Des lieux que tout le monde veut ignorer. Des lieux qui ne se murmurent même pas. Des lieux qui n'existent pas. Des lieux qui recrachent des chairs brûlées et des os brisés.

Mais je n'avais jamais fouillé dans le petit tas. Ce n'est pas prudent. On n'entre pas comme ça dans le bureau du directeur du service. Il faut être invité. Il faut passer devant le planton et attendre son hochement de tête avant de pousser la grande porte en bois. Il faut être invité à s'asseoir, les yeux au niveau de la plaque dorée où le nom de Moustache frémissante est gravé, suivi du magique « directeur ». Il faut écouter et acquiescer et se garder de toute réaction.

Les feuilles arrivent le matin, elles accompagnent les morts et repartent le lendemain. Moustache frémissante les pose en tas bien propre et les abandonne là toute la journée et toute la nuit. Après la frénésie des premières semaines, il a repris sa routine, thé le matin, maîtresse l'après-midi, puissants le soir. Le planton quitte la lourde porte en bois à seize heures précises. Je reste seul dans le service, oublié dans la petite pièce devant les photos des corps. Quand je pars à mon tour, je passe devant le bureau de Moustache frémissante sans ralentir. Je sais que les feuilles sont là, posées sur le bureau presque vide, mais on n'entre pas comme ça dans le bureau du directeur. Ce n'est pas prudent. Et puis j'ai hâte de retrouver Ania, Najma et Jamil.

Mais Azzam Azzaz m'a arrêté devant la grande porte en bois. Je l'ai poussée. J'ai respiré fort, il était là, parmi les feuilles sur le bureau. Son prénom, celui de son père et celui de sa mère, sa date de naissance, de mort. J'ai regardé les noms. J'ai remis les feuilles en place, mes doigts tremblaient. Et je me suis enfui. La carte mémoire chargée de photos dans ma sacoche, au milieu des biscuits à la fleur d'oranger.

Ce soir-là, j'ai eu du mal à cacher les morts à Ania. Elle a bien compris que ma tête était encombrée. J'ai fait taire Najma qui voulait me réciter le poème qu'elle a écrit pour célébrer le président. « Plus tard. » J'ai interrompu Jamil qui jouait avec son fusil en plastique tout neuf autour de la table dans le salon. « Dans ta chambre. » J'ai éteint brusquement la télévision au moment des informations. J'ai bu un grand verre d'arak et fumé deux cigarettes sur le balcon. Ania a attendu que les enfants soient couchés et endormis. Elle a posé sa main sur la mienne.

— Tu fais des cauchemars la nuit, elle a dit doucement. Tu bouges et tu grognes. Chaque nuit.

Une ambulance est passée dans l'avenue en bas de l'immeuble en hurlant.

— Moi aussi je fais des cauchemars, elle a dit encore. Je t'en parlerai un jour, si tu veux.

Je ne lui ai pas répondu. Elle a attendu puis elle s'est levée, elle a enlevé sa main de la mienne et elle est allée à la salle de bains. J'ai entendu les bruits familiers, l'eau sur la brosse à dents, les flacons de démaquillant et de parfum, la brosse dans les cheveux, les vêtements enlevés, la chemise de nuit enfilée. Elle est revenue, elle s'est arrêtée juste devant moi, elle a pris ma tête entre ses mains, elle m'a embrassé doucement et elle est allée se coucher.

Ce soir-là, je suis resté longtemps accoudé à la table de la cuisine, ma sacoche à mes pieds, et dedans la carte mémoire. J'ai encore fumé des cigarettes sur le balcon. L'air était doux, il disait que nous mangerions bientôt des cerises, des pêches et des abricots. Il disait que nous fuirions bientôt la chape brûlante de la capitale pour le jardin de la maison à la campagne et que les enfants réclameraient les pique-niques au bord de la rivière. Il disait qu'Ania et sa mère prépareraient les keftas pour le barbecue et que nous partirions au matin la voiture pleine jusqu'à la gueule pour ne revenir que le soir, contents que personne n'ait trouvé notre coin de paradis au bord de l'eau, à l'ombre des grenadiers. Ma sacoche et la carte mémoire dedans me disaient que les cerises n'auraient plus jamais le même goût, ni les keftas des pique-niques parce qu'Azzam Azzaz et ses compagnons étaient devenus les miens et qu'ils ne me lâcheraient plus même au bord de la rivière.

J'ai sorti de sa housse le petit ordinateur tout plat et tout léger que le frère d'Ania m'a apporté de Londres, si petit et si léger qu'il a pu le cacher au milieu de ses pantalons dans la valise et que les douaniers, à l'aéroport, ne l'ont pas remarqué. « Je n'allais pas payer des taxes là-dessus ! » Je ne l'avais encore jamais utilisé, je préférais le gros ordinateur familial si solide, avec son unité centrale et son grand écran, où Ania et moi archivions les photos heureuses, les recettes de cuisine et quelques films. J'ai pris la carte mémoire, je l'ai insérée et j'ai copié les photos d'Azzam Azzaz et des autres sans les regarder, puis je les ai effacés, tous, de la carte mémoire. J'ai remis le petit ordinateur dans sa housse et l'ai rangé au fond du tiroir d'où je l'avais sorti. Je sais qu'Ania n'ira pas chercher là. Elle ne fait pas ce genre de choses, fouiller. Du moins, je l'espère.

Je me suis servi un autre arak. La bouteille a choqué contre le verre parce que mes mains tremblaient, mais seuls les morts l'ont remarqué. J'ai fumé trois cigarettes de plus sur le balcon et respiré l'air du printemps. J'ai regardé la montagne et les quelques lumières qui y scintillaient à cette heure. Derrière le ciel était rouge. La ville se terrait dans la nuit.

Je ne peux pas parler des morts à Ania. Ce n'est pas prudent. Ils prendraient toute la place, ils s'installeraient dans notre lit et dans ceux des enfants, à la table du petit déjeuner et à celle du dîner, et alors il faudrait faire quelque chose.

Douze

Tony porte un uniforme militaire sous sa blouse blanche et une matraque courte à la ceinture. Il s'absente souvent et son regard me défie de lui poser la moindre question. Certains matins, les corps sont jetés sans ordre sur le sol de la morgue et je dois moi-même les disposer les uns contre les autres pour pouvoir prendre les photos. Ils sont parfois lourds comme du plomb, parfois aussi légers que des feuilles. Je les traîne en me forçant à ne pas fermer les yeux. Je ne veux plus fermer les yeux. Je ne peux plus fermer les yeux.

Tard le soir, quand Ania et les enfants dorment, je me mets devant les chaînes de télévision étrangères. Ce n'est pas prudent. Il est dit partout qu'elles mentent, qu'elles sont les ennemis de la nation, et Najma ou Jamil pourraient se lever pour aller aux toilettes, boire un verre de lait, parce qu'ils ont peur du noir, et me surprendre. Alors je m'assieds par terre à quelques centimètres de l'écran et je mets le casque sur mes oreilles. Je regarde toutes les chaînes, les arabes, les américaines et les européennes. Je vois, j'écoute, je comprends. Je sais. Le président ment. Nous sommes dans une guerre qu'on ne veut pas appeler guerre. J'entends les tirs, la nuit, du côté est de la ville. Je reçois parfois sur mon téléphone des SMS d'inconnus, qui donnent des heures de rendez-vous pour des protestations, des mots d'ordre à écrire sur des pancartes. Je les efface après les avoir lus. Je lis des graffitis sur les murs, aussitôt recouverts, et des tracts, laissés jusque dans l'hôpital. Je regarde, je lis et j'écoute ce que les corps ont à me raconter. Ça parle beaucoup, un corps, quand on sait tendre l'oreille. Tony, Salim et Moustache frémissante ne sont pas différents de Najma et Jamil qui croient aux histoires simples du Grand Homme. Mes enfants ont au moins l'excuse d'être des enfants. Moi, je ne veux plus fermer les yeux. Je ne peux plus fermer les yeux.

L'autre nuit, Ania est entrée sans bruit dans le salon. Je ne l'ai remarquée que quand elle s'est tenue à côté de la télévision. Elle était debout, la lumière bleue de l'écran rendait sa chemise de nuit translucide. Elle s'est assise près de moi, elle a enlevé le casque de mes oreilles. « Peut-être que la réalité chasse les cauchemars, finalement », elle a murmuré, sa main sur ma cuisse. Nous avons regardé ensemble les images des gens qui dansaient en faisant virevolter le drapeau national. Ils réclamaient le départ du président en chantant. Nous avons regardé le nom des villes et les dates inscrites sur des pancartes maladroites. C'était chez nous, c'était la veille et le jour d'avant. Nous avons regardé les corps inertes dans les rues, que des passants cachés tentaient d'amener à eux avec des perches et des crochets pour échapper aux tirs des snipers de notre armée, et le sang qui coulait. « Nos cauchemars sont la réalité », a dit Ania, longtemps après, sur le balcon. Mais je ne suis pas encore parvenu à lui parler de Azzam Azzaz ni des autres, ni des feuilles sur le bureau de Moustache frémissante, ni de Tony dans son uniforme, ni des noms, ni des photos cachées dans l'ordinateur portable.

Ania ne va plus se coucher avant moi. Elle borde Najma et Jamil. Elle leur raconte leurs histoires d'enfants. Du salon, je l'entends répondre à leurs questions de sa voix basse et douce. L'autre soir, Najma a demandé :

— Tu crois que le papa d'Anas est un terroriste ? Souleiman a dit que le papa d'Anas a été arrêté parce que c'est un terroriste et Anas s'est mis à pleurer.

— Je ne connais pas le papa d'Anas. Je ne crois pas qu'il y ait des enfants de terroristes dans ton école.

Ania m'a appelé pour embrasser les enfants, sa lèvre inférieure tremblait légèrement. Nous avons laissé la petite lampe allumée comme d'habitude mais nous avons fermé la porte de la chambre en sortant. Ania a pris une cigarette dans mon paquet et est sortie sur le balcon. Elle a fumé sans rien dire, les yeux fixés sur la montagne. « Répondre aux questions est de plus en plus difficile. » Nous avons mis les chaînes d'information étrangères sans le son. Sur l'une d'entre elles, un journaliste occidental avec un gilet pare-balle gesticulait en s'adressant à la caméra. Derrière lui, des hommes brandissaient des morts à bout de bras.

Nous avons parlé, fumé ensemble tout un paquet de cigarettes et fini la bouteille d'arak cette nuit-là. Ania se taisait depuis des mois. Elle en sait beaucoup plus que moi. Depuis le début, elle a des informations par son frère à Londres. Ania parlait, parlait, parlait. Elle me donnait des noms de villes et de villages, des chiffres de manifestants, elle me récitait les slogans, elle chantonnait des airs interdits, elle décrivait les danses et les théâtres de marionnettes qui moquent le président. Elle psalmodiait la liste de toutes les célébrités qui avaient rejoint les danseurs-manifestants. Une actrice, un écrivain, un footballeur, un général, des médecins, des avocats. Elle chuchotait, mais sa voix était si profonde qu'il me semblait qu'elle portait dans toute la ville. Elle avait les yeux mi-clos, son regard intense m'ouvrait à un nouveau monde. Le mien était tellement étroit, les quatre murs de la morgue, le bureau de Moustache frémissante et les listes bien rangées de noms et de peurs, les chaussures cirées de Salim et l'uniforme de Tony, la petite pièce, les corps disloqués sur l'écran de l'ordinateur, les certificats de décès falsifiés, la carte mémoire de l'appareil photo dans les biscuits à la fleur d'oranger au fond de ma sacoche. Mon monde était fait de fantômes torturés et d'orbites sans yeux.

Le sien était fait de chants, de danses et d'espoir féroce. Je l'avais entrevu depuis quelques nuits sur les chaînes étrangères. Mais son monde était déjà contaminé par les tirs et les tueurs. Je savais que le mien engloutirait le sien, et nous avec, et Najma et Jamil, si nous n'y prenions pas garde.

J'ai hésité. Et puis j'ai sorti l'ordinateur portable du tiroir. J'ai fait défiler les photos d'Azzam Azzaz et des autres. Elle les a contemplées lentement, en pleurant. Elle m'a fixé longtemps comme pour aspirer mes cauchemars. Elle a pris une feuille de papier, elle y a inscrit quatre noms. « Tu me diras si tu les vois passer. Le dernier, c'est le papa d'Anas. » Un de ses collègues a disparu. Il est parti du travail et n'est pas rentré chez lui. Une femme sait que son fils a été arrêté avec d'autres étudiants à la sortie de l'université par des hommes en jeans délavés, cheveux gominés et blousons de cuir noir, et emmené dans une camionnette sans plaque d'immatriculation. Une autre encore n'a aucune nouvelle de son fiancé, elle avait rendez-vous avec lui et sa sœur au bowling, ses parents refusent de lui ouvrir leur porte et de lui parler au téléphone.

— Pourquoi ces gens t'ont-ils demandé de te renseigner ? Pourquoi t'ont-ils parlé, à toi ? je lui ai demandé.

Je sentais ma cigarette trembler entre mes doigts.

— Parce qu'ils savent que tu travailles à l'hôpital. Les gens devinent ce qui se passe. Les gens ont toujours su. Avant, ils ne parlaient pas. Aujourd'hui, ils chuchotent.

J'ai éteint l'ordinateur, je l'ai rangé.

— Je ne pourrai rien dire. Je ne peux pas donner d'information.

— À eux, non. À moi, si. Tu le dois. Tu ne peux plus fermer les yeux.

J'ai fini son verre d'arak et je suis sorti sur le balcon. La ville était silencieuse. Le ciel rougeoyait au-dessus des lampadaires.

Treize

Ce matin-là, Salim était fébrile. Il faisait chaud, comme d'habitude la climatisation ne fonctionnait pas. Il maugréait, les bras de chemise relevés et le cheveu désordonné. Je me suis arrêté sur le pas de la porte, ma sacoche au bout du bras, et dedans mon appareil photo et la carte mémoire vierge. Il m'a regardé, l'œil rageur, j'ai frémi en voyant la clé de la petite pièce en évidence sur mon bureau. J'ai essayé de me souvenir si je l'avais oubliée là la veille, au lieu de la ranger au fond de mon tiroir, si j'avais laissé par inadvertance des traces dans l'ordinateur, si un planton avait pu me voir entrer ou sortir du bureau de Moustache frémissante. Il a sifflé : « Tu pourrais mettre une cravate, toi aussi tu es au service du pays. » J'ai préféré ne rien répondre. Je ne réponds jamais à Salim quand il est de mauvaise humeur. C'est plus prudent. J'ai pris la clé de la petite pièce et mon appareil photo, et je suis sorti.

Devant la porte de la morgue, j'ai hésité. Les gestes de Salim me faisaient redouter ce que j'allais trouver derrière les portes battantes. J'entendais des bruits de l'autre côté, des raclements sur le sol et des heurts d'objets. Tony devait être là, dans son uniforme toujours bien repassé, à serrer les corps les uns contre les autres pour faire de la place à ceux qui attendaient dans le couloir et dans les fourgons, en bas dans la cour.

Je ne les avais pas remarqués, au début, les fourgons. Ou plutôt, je n'avais pas compris tout de suite leur usage. Avant, les morts, nos morts à nous, à l'hôpital, voyageaient dans des ambulances ou dans des véhicules longs et sombres, comme calfeutrés, qui glissaient dans les rues. Ils étaient souvent abîmés ou tordus, on n'a jamais reçu les beaux morts ici. Ceux partis dans leur sommeil, la tête posée sur l'oreiller, les mains le long du corps, n'étaient jamais pour nous. Nos morts d'avant arrivaient bordés dans des brancards propres et ils étaient rendus à leur famille recousus et maquillés, habillés de leurs plus beaux habits, ou bien lavés et drapés dans des linceuls étincelants. Tony aimait assister au travail des croque-morts. Il les appelait « les costumiers » et ambitionnait de rejoindre leurs rangs. Il avait même écrit une lettre de motivation pour la formation. Il me l'avait fait relire, pour les fautes de syntaxe et le style. « Je me sens bien auprès des morts », il écrivait, « il me semble que je comprends ce qu'ils veulent et ce dont ils ont besoin ». Mais ça, c'était avant le début des manifestations, avant les premiers fourgons et les premiers cadavres « tombés d'un étage élevé ». Salim avait chiffonné la lettre de motivation de Tony, « les formations sont repoussées à une date ultérieure ».

Les premières semaines, les fourgons étaient discrets, garés dans le fond de la cour. Ils arrivaient avant nous, le personnel de jour, et repartaient après nous, à la nuit tombée. Maintenant, ils s'arrêtent n'importe où et n'importe comment, le plus près possible de la double porte en métal qui mène au couloir de la morgue. Ils ont les pots d'échappement fumants et la peinture kaki écaillée. Leurs portes tiennent à peine sur leurs gonds. Un jour, elles vont se détacher sur un dos d'âne et les morts envahiront la chaussée avec leurs membres suppliciés et leurs globes oculaires vides, et plus personne ne pourra dire que se détourner et se taire permet de ne pas voir. Maintenant, ils font la noria, une course incessante entre les lieux secrets inscrits dans les feuillets de Moustache frémissante et la cour de l'hôpital. Je sais que de nouveaux soldats sont régulièrement réquisitionnés pour les vider. Ce sont des conscrits, ils sont jeunes, ils ne tiennent pas longtemps.

Tony s'agitait toujours derrière les portes et je restais là à écouter les raclements, mon appareil avec sa carte mémoire vierge dedans au bout de mon bras. J'ai entendu un « Fils de chien », et un coup de feu, et encore un autre, j'ai sursauté, je me suis jeté sur les battants, j'ai trébuché sur les pieds d'un corps, j'ai vu un pistolet, une main, une manche de blouse blanche, le visage de Tony tout rouge et ses yeux bleus de haine. À ses pieds, la tête d'un homme au menton mangé par une barbe noire et du sang qui coulait. Salim est arrivé derrière moi, il m'a bousculé, s'est arrêté net et a regardé la tête de l'homme, puis Tony qui tremblait.

— Il bougeait encore. Ce fils de chien bougeait encore !

— Nettoie ça, a dit Salim en désignant le carrelage, et il est sorti.

Les portes battantes m'ont cogné le dos, j'ai fait un pas de côté, je me suis adossé au mur. Je n'avais jamais vu Tony tenir un pistolet. Je n'avais jamais vu un homme tué dans la morgue. Je n'avais même jamais vu un homme tué devant moi. Ici, les morts sont déjà morts. Ils ne sont pas vivants et puis morts.

— Tu peux commencer à travailler par là, le temps que je nettoie, m'a jeté Tony.

J'ai obéi machinalement.

Je me suis caché derrière mon appareil en tentant d'ignorer sa présence. Je sentais qu'il me lançait des coups d'œil pendant qu'il bougeait les corps pour passer la serpillière où le sang avait coulé. J'ai fait comme toujours. Cinq ou six photos par personne. Surtout ne pas oublier l'étiquette. Pareil pour le vivant devenu mort à la morgue. Je n'ai pas parlé à Tony. J'ai enregistré les photos dans l'ordinateur.

J'agissais machinalement, le regard fou de Tony ne quittait pas mon esprit. Je sursautais à chaque bruissement derrière la porte de la petite pièce. J'avais peur qu'il surgisse dans son uniforme éclaboussé de sang, son pistolet au bout du bras. Je n'avais pas osé fermer à clé. Je ne regardais pas les morceaux de corps qui passaient de l'appareil photo à l'ordinateur. Sauf quand le visage de l'homme qui était arrivé vivant a surgi. Tony avait nettoyé le sang sur le carrelage mais pas sur son visage. Sur la photo, il n'était pas tout à fait sec. Il glissait rouge sur la peau grise et se perdait dans la barbe noire. L'homme était grand et très maigre, ses pommettes saillaient sous les poils, ses yeux se perdaient dans leurs orbites et ne regardaient plus rien. J'ai lu le nom sur l'étiquette. C'était le père d'Anas. Ma jambe gauche s'est mise à trembler et à cogner le pied du bureau. Le son résonnait dans la petite pièce. J'ai saisi le verre de thé mais n'ai pas pu avaler une seule gorgée. J'entendais les bruits de la cour, des moteurs poussifs, ceux des fourgons sans doute, et des soldats qui s'interpellaient. « Rapproche ton engin de la porte », « gare-le mieux que ça », « colle le cul à la porte », « encore, c'est pas toi qui les descends », « ils pèsent des tonnes, ces fils de chien ». J'ai reconnu la voix de Tony : « Vous vous débrouillez pour me mettre ça à peu près en ordre dans le couloir. Je les rangerai demain matin.

De toute façon, ils peuvent bien attendre. Moi, j'ai fini ma journée ici et j'ai à faire. » Il y a eu de nouveau du bruit et puis tout s'est tu. Un oiseau s'est mis à chanter. La fenêtre s'est obscurcie. J'ai envoyé les dossiers au bureau du procureur.

Quatorze

L'aube est venue, un merle s'est mis à chanter et le soleil a envahi l'appartement. Je le sentais à travers mes paupières. Ania s'est assise sur le côté du lit. Elle me regarde longtemps sans bouger. Elle me caresse la base du cou sous l'oreille gauche. « Si tu te lèves maintenant, nous aurons le temps de nous arrêter dans l'impasse sur le chemin de l'hôpital. » Elle sait que je ne veux pas aller au travail. Elle sait que je ne veux pas voir les fourgons près de la porte en métal. Elle sait que je crains Tony dans son uniforme, son pistolet au bout de son bras, et les feuillets de Moustache frémissante. Elle sait que les morts me terrorisent.

Je sais que je n'ai pas le choix. Ma mère n'est plus là pour m'écrire un mot d'excuse. Je ne peux plus simuler un mal de ventre, ni une angine, ni une grosse toux. Ce ne serait pas prudent. Pas après ce qui s'est passé hier.

Ania sait que l'arbre de Judée et la glycine sont en fleurs dans l'impasse. Les boutons roses du premier et les grappes parme du second m'ont toujours mis en joie. Une fois, je sortais à peine de l'adolescence, j'avais coupé une branche de chaque, sauté par-dessus le mur de la maison d'Ania et les avais déposées devant sa porte. « C'est plus original qu'une rose », elle m'avait glissé un peu plus tard. Le jour de notre mariage, elle avait épinglé des fleurs roses et une grappe parme sur sa robe. Sa mère s'en était étonnée, « elles sont si communes », Ania avait souri sans donner d'explication.

Nous sommes allés jusqu'à l'impasse. Nous avons laissé la voiture à l'entrée, nous avons marché un peu. Les fleurs étaient vives et douces, mais elles n'avaient plus la saveur ancienne. L'appareil photo dans ma sacoche pesait trop lourd. Mes yeux étaient trop rouges. Les morts dansaient sous l'arbre de Judée et mouraient sous la glycine. Nous ne sommes pas restés longtemps.

Ania m'a déposé devant l'hôpital. Les soldats de garde ont fixé la voiture d'un air suspicieux. L'un d'eux s'est approché, avant de me reconnaître. Elle lui a adressé un signe amical de la main et un sourire. « Nous ne sommes pas seuls, nous sommes le pays. » Sa voix était une brise dans les feuilles de la glycine. J'ai pris du courage dans ses prunelles et suis descendu de la voiture, ma sacoche, l'appareil photo et la carte mémoire vierge lourds sur mon épaule.

Les fourgons étaient là, trois, leurs culs contre la porte en métal de la morgue, disposés de telle façon qu'on ne pouvait pas voir ce que les soldats déchargeaient. À l'intérieur, je n'ai croisé personne. Même Tony n'était pas là. Les corps étaient bien rangés et presque propres. J'ai travaillé vite et je me suis enfermé dans la petite pièce, un verre de thé posé à côté de l'ordinateur. Je me suis dit qu'il me faudrait une bouilloire électrique ou une de ces résistances qu'on peut plonger dans l'eau pour la faire chauffer. Je n'aurais plus besoin de sortir pour aller dans la petite cuisine quémander du thé au planton. J'augmenterais mes chances d'éviter Salim, Moustache frémissante et ceux qui traînaient à l'étage. Mais peut-être finiraient-ils par trouver cela étrange et par se demander ce que je tramais, toujours seul dans la petite pièce. Peut-être interrogeraient-ils Tony qui leur dirait que mon regard fuit son pistolet, que je ne renchéris pas à ses exclamations et que je traite les morts d'aujourd'hui comme je traitais les morts d'avant, sans leur marquer ma réprobation. Finalement, la bouilloire ou la résistance qui fait chauffer l'eau, ce ne serait pas prudent.

J'ai envoyé les photos, j'ai rangé la carte mémoire au milieu des biscuits à la fleur d'oranger et je suis resté longtemps devant l'écran éteint de l'ordinateur. J'ai pensé à Ania et aux enfants, à l'arbre de Judée et à la glycine. J'ai pensé aux morts et à mon pays qui saignait. J'ai pensé aux images des télévisions étrangères et aux drapeaux qui flottaient au-dessus de la foule dans les rues de nos villes. Elle dansait et chantait, elle pleurait, mourait et recommençait chaque soir. J'ai pensé à l'impasse et au sourire de ma mère qui reposait à l'ombre d'un arbre dans le cimetière de son village.

Je suis sorti tard de la petite pièce. L'étage était désert. Comme toutes les veilles de week-end. Moustache frémissante prenait sa journée pour aller voir sa maîtresse. Salim rentrait chez lui avant la fin de l'après-midi se préparer pour sa soirée hebdomadaire dans les clubs où vont les gens importants. Le planton de la cuisine s'éclipsait sans bruit. Celui du bureau directorial allait boire le thé avec ses amis dont les patrons restaient plus longtemps.

La morgue était vide, les carreaux du sol propres et secs. Je suis allé photographier les feuillets sur le bureau de Moustache frémissante. Je me suis enfermé quelques minutes dans les toilettes, me suis passé de l'eau sur le visage et suis sorti de l'hôpital en me composant un air à la fois décidé et détendu.

Je savais que Jamil attendait ses histoires du soir. Je savais qu'il serait déçu. Je savais qu'Ania comprendrait.

Quinze

J'ai marché dans la ville avec les morts dans la carte mémoire cachée dans les biscuits à la fleur d'oranger. J'ai regardé les vivants, sans les fixer. Ce n'est pas prudent de dévisager les gens. Mes yeux ne s'arrêtent jamais sur personne. Nous avons appris ça tout petits. Najma et Jamil l'assimileront très vite. Ils s'arrêtent encore parfois brutalement devant une vitrine, ou un marchand ambulant, ou une dispute, ou l'ombre d'un arbre. Ils se tiennent droits et curieux, ils questionnent à voix haute, s'exclament parfois. Ania les prend par la main et les entraîne doucement, sans jamais hausser la voix. « Ils apprendront bien assez tôt », me dit-elle. Il n'y a pas de cours pour ça. Juste l'expérience, les années, les voisins, les photos du président, les murmures et les silences. Ceux qui n'ont pas retenu la leçon finissent entre les pieds de Tony, sur les carreaux froids.

J'ai marché dans la ville et j'ai vu, postés aux grands carrefours, les jeunes aux cheveux gominés, aux jeans serrés et aux biceps sculptés. Ils stationnent par grappes sous les immenses fresques à la gloire du président.

Ils massent leur cou épais, se tapent sur l'épaule, tournent sur eux-mêmes, certains portent une barbe fournie, d'autres sont glabres, la moustache n'est plus trop à la mode, sinon toute fine, en un coup de sabre. Ils affectionnent la veste en jean. Elle est parfois un peu trop courte pour dissimuler l'arme glissée dans la ceinture du pantalon, au creux des reins comme dans les films. Ils scrutent les passants, déshabillent de leur œil arrogant les passantes et personne, surtout pas les flics, ne vient leur rappeler que tout rassemblement de plus de trois personnes est strictement prohibé. Ils proclament sous les portraits du président qu'ils tiennent la rue, le pays et les centres de détention secrets.

Je les ai évités tant que j'ai pu. J'ai traversé des rues pour éloigner de leur curiosité ma sacoche et la carte mémoire cachée dans les biscuits à la fleur d'oranger. Quand j'ai dû passer entre deux grappes pour franchir la grande porte de la vieille ville, je me suis fait couleur muraille, tête baissée et épaules tombantes. Je n'ai relevé la tête qu'à l'abri de la foule, entre les étals d'épices, de fausses antiquités et de foulards colorés. J'ai marché jusqu'à la grande mosquée, je me suis déchaussé, j'ai traversé la cour principale, le marbre était encore chaud sous la plante de mes pieds. Ma place, contre le mur, au fond de la salle de prière, était libre. Il n'y avait personne. Seuls des pigeons voletaient entre les piliers. J'ai fermé les paupières et j'ai récité silencieusement les noms des morts dont je me souvenais. J'ai ouvert les yeux, les lustres s'étaient allumés et trois hommes étaient assis non loin de moi. Ils se faisaient face, ils ne se parlaient pas, l'un d'eux égrenait son chapelet, un autre triturait l'ourlet de son pantalon de tergal, le troisième faisait rouler son alliance du bout de son pouce. Ils portaient des chemises claires sans cravate, des cheveux très courts et des vestes mal coupées, des pantalons synthétiques et des ceintures aux boucles plates et fines. Celui dont je voyais le profil gauche s'est mis à bouger les lèvres et celui qui me faisait face m'a jeté un coup d'œil rapide sans rien dire. J'ai senti l'objectif de mon appareil photo me rentrer dans le flanc et mes mains devenir moites. J'ai tourné le regard vers la chaire, des hommes commençaient à entrer dans la grande salle et à se mettre en rang, les uns à côté des autres, les uns derrière les autres, je me suis levé pour les rejoindre. J'ai prié avec les autres en fixant le sol droit devant moi, je suis sorti en même temps que tout le monde, j'ai récupéré mes chaussures. J'ai jeté des coups d'œil autour de moi en les laçant, mais il y avait trop de monde, je n'ai pas pu repérer s'ils étaient à proximité. J'ai pris des rues animées et des ruelles désertes, j'ai tourné dans la vieille ville en scrutant les porches et les auvents, en m'arrêtant de temps en temps pour épier les bruits de pas.

J'ai poussé la porte de chez Abou Bassel, il était là avec son gros ventre, ses cheveux gris, sa grande moustache et Abou Georges. Ils ont levé la tête vers moi.

Abou Bassel s'est esquivé dans la cuisine. Abou Georges m'a fait signe de le rejoindre. Il avait vieilli. Il avait des grandes poches sous les yeux et sa moustache tombait sur ses lèvres. Sous ses sourcils gris, ses prunelles étaient fatiguées. Il avait maigri aussi, et on voyait ses grands lobes d'oreille de chaque côté de son visage sans joues. Il a posé devant moi un verre vide et sa carafe d'arak. Je remuais sur ma chaise sans savoir comment me tenir. Il m'a servi.

— Ils m'ont rendu mon fils, tu sais ?

J'ai bu une gorgée le menton rentré.

— Dans un cercueil plombé.

Il s'est versé de l'arak à son tour. Il n'y a pas touché.

— Mon fils unique. Je n'en avais qu'un, de fils. Sa mère n'a pas vécu assez longtemps pour m'en donner un deuxième. Tu savais ?

Je savais. Tout l'hôpital savait. Sa femme, jeune encore, renversée par un chauffard, un ami du fils du président d'avant, le père de notre président d'aujourd'hui. Abou Georges était à la morgue quand ils l'avaient amenée. Il avait vu le mot « inconnu » inscrit dans la case « nom du responsable ». Il connaissait celui qui avait escamoté le nom. Il n'avait rien dit. Il lui restait son fils. Il n'en avait jamais parlé. Il ne s'était jamais remarié.

— Ils m'ont dit qu'il était mort pour le pays et pour le président. Ils m'ont dit qu'il était mort en combattant les terroristes. C'est faux. Les gens parlent aujourd'hui. Tu savais ?

Je ne savais pas vraiment. Je savais que les télévisions étrangères parlaient et montraient. Mais les gens que je connaissais ne parlaient pas. Ce n'était pas prudent. Abou Georges n'était pas prudent. Il y avait Abou Bassel, sa femme, sans doute, et moi. Cela faisait beaucoup d'oreilles.

— Je sais ce que tu vois à l'hôpital. Je sais ce que Tony fait à l'hôpital et à l'extérieur aussi. Les gens parlent, je te dis. Tu ne sais pas qui, si c'est le planton, ou le conducteur de fourgon, ou le soldat, ou le médecin légiste, ou Salim, ou même Moustache frémissante, mais il y en a qui parlent.

J'ai levé la tête. Je pensais être le seul à l'appeler Moustache frémissante.

— Tu vois, tu n'as pas idée.

J'ai senti mon menton s'affaisser. Qui savait ce que je faisais dans la petite pièce seul face à l'écran d'ordinateur ? Qui savait que je me glissais chaque soir dans le bureau de Moustache frémissante pour lire les feuillets sur son bureau ? Qui savait que je me répétais les noms des morts et que j'en avais oublié certains ? J'ai tendu la main vers mon verre mais elle tremblait trop, je l'ai reposée, bien à plat devant moi.

— Mon fils est mort. Ma femme est morte. Ils ont tué mon fils comme ils ont tué ma femme. Maintenant, moi aussi je parle. Je suis trop vieux pour aller chanter et danser dans la rue. Je fais autre chose.

Il a montré la cuisine du menton.

— Abou Bassel aussi. Lui, c'est parce qu'il est trop gros, il ne court pas assez vite, alors il ne va pas danser et chanter. Nous avons d'autres moyens.

J'ai tourné la tête, j'ai vu Abou Bassel près de la porte du restaurant qui accrochait la pancarte *Fermé*. J'ai murmuré le plus bas possible :

— Je ne supporte plus l'hôpital. Je ne supporte plus Tony, ni les fourgons.

— Ni ce qu'il y a dedans, a dit Abou Georges.

J'ai hoché la tête, le plus discrètement possible. Il a bu une longue gorgée, il a plissé les yeux, sa pomme d'Adam allait et venait.

— Tu veux partir ? Si tu quittes l'hôpital, tu quittes tout. Ania, les enfants, tes beaux-parents, tes amis. Tout. Ils ne pardonnent pas à ceux qui savent et qui font défection. Tu ne pourras pas juste rester chez toi en attendant que ça passe.

J'ai senti un coup dans mon estomac, une boule s'est formée, elle est remontée dans ma gorge, puis elle est redescendue.

— Je ne peux plus. Ania comprendra.

Il a réfléchi longtemps.

— Je ne sais pas. Il faut que je demande. Reviens samedi soir. Nous te dirons. Samedi, va au travail normalement. Viens après la prière du crépuscule.

Seize

Le samedi matin, je suis parti de la maison après Ania et les enfants. J'ai essayé de ne pas les serrer dans mes bras à les étouffer, j'ai essayé de leur répondre normalement et d'agir comme tous les matins, je sais que je n'ai pas pu m'empêcher de les dévorer des yeux. Ils étaient en retard pour l'école, Ania les houspillait, je crois qu'ils ne se sont rendu compte de rien. La voiture s'est éloignée et j'ai ravalé mes larmes. J'ai fait le tour de l'appartement. Je savais que je ne pouvais rien emporter, que je devais laisser toute ma vie derrière moi, ce petit bateau à voile phénicienne que nous avions acheté lors de notre voyage de noces, ce vieil appareil polaroid, cadeau de mon père pour mes quinze ans, la réplique de Big Ben, clin d'œil du frère d'Ania, les premiers dessins des enfants, encadrés par leur mère. « Si tu quittes l'hôpital tu devras aussi abandonner ta famille », avait dit Abou Georges. J'ai pris une photographie d'Ania et une de mes enfants. Je suis sorti, j'ai fermé la porte, j'ai mis la clé au fond de ma sacoche, j'ai commencé à descendre les escaliers, j'ai croisé le chat roux qui passe sa journée à l'abri du soleil.

Et j'ai pensé à l'ordinateur tout fin, dans le placard de la cuisine, aux photos des suppliciés dedans, et à la liste de noms au fond de la poche intérieure de ma veste de mariage. Je me suis arrêté net, entre deux paliers. Le chat roux est venu se frotter à ma jambe droite. Je ne pouvais pas laisser l'ordinateur à la maison, ni la feuille avec les noms. Ils allaient venir et fouiller partout, chercher les indices de ma trahison, les trouver, emmener Ania. Ils allaient la traîner à l'intérieur d'un fourgon jusqu'à un des centres des feuilles de Moustache frémissante. Je ne pouvais pas laisser derrière moi l'ordinateur, ni la liste. Je ne pouvais pas les détruire non plus et exécuter les morts une nouvelle fois. Je les ai mis dans ma sacoche et j'ai quitté l'appartement.

Devant l'hôpital, j'ai pris une grande respiration. Je portais la sacoche sur l'épaule, elle contenait de quoi me faire jeter dans un des fourgons. Ania me manquait déjà. J'ignore comment je lui ferai savoir que j'ai dû partir. Je suis passé devant le planton. Dans la cour, il n'y avait qu'un fourgon. Le vendredi, jour de congé, les bourreaux se reposent aussi. Alors la livraison du lendemain est maigre. Les bureaux étaient vides. Le samedi, les fonctionnaires arrivent plus tard. Souvent, Salim ne vient pas du tout, il se remet de ses fanfaronnades de la nuit, conter ses épopées le fatigue.

Moustache frémissante est de plus en plus absent, les feuillets avec les noms et les lieux restent immobiles sur le bureau directorial, posés et repris au même endroit par la même main anonyme, tôt le matin et tard le soir. Je ne sais pas ce que fait Moustache frémissante, ni ce qu'il pense. Je ne sais pas s'il fuit les morts ou s'il supervise les tueries. Je ne sais pas si je le trouverai un jour allongé et froid sur les carreaux de la morgue ou si je le verrai, à la télévision d'État, en tête d'un cortège en hommage à la fermeté de notre président. « Les gens parlent, ça peut être Tony ou Salim, ou Moustache frémissante », avait dit Abou Georges. Nous avons oublié depuis si longtemps la franchise. Nous n'avons appris que la méfiance et la dissimulation.

J'ai traversé les bureaux vides sans m'attarder, je me suis enfermé dans la petite pièce. Il n'y avait nulle part où cacher l'ordinateur. Il fallait que je le laisse dans la sacoche. Que je laisse la sacoche dans la petite pièce. Que je prie pour que personne ne remarque qu'elle n'était pas là où je la mets toujours, posée par terre contre mon bureau. Ce n'était pas prudent. Aucune entaille dans la routine ne l'est. Mais je n'avais pas le choix. Je suis sorti, j'ai tourné la clé dans la serrure, j'ai mis ma blouse et j'ai poussé les battants de la morgue. Tony arrangeait les morts. Plutôt, il les poussait les uns contre les autres, en tirant les uns par les pieds, les autres par les épaules. Ce matin-là, ils étaient tête-bêche.

« C'est plus drôle comme ça. Au moins ça change », a dit Tony sans me jeter un coup d'œil. Il ne portait pas de blouse sur son uniforme. Son pantalon était parfaitement repassé, un pli symétrique à chaque jambe. J'imaginais sa mère, dans son tailleur impeccable ou dans une chemise de nuit recouverte d'un peignoir matelassé, le fer à la main, vérifier la chaleur avant de l'appliquer sur le tissu épais. La veste de Tony était dépareillée, un peu longue aux poignets, un peu large aux épaules, presque froissée, avec des traînées brunâtres sur le devant. Il avait trop ciré ses cheveux et sa peau était grise. Il soupira en remettant à l'endroit les étiquettes.

— Décidément, ce boulot me fatigue, vivement que je parte.

La phrase appelait un commentaire ou au moins une question. Tony avait peut-être remarqué que je ne lui parlais plus depuis des semaines.

— Tu pars ?

— Je suis appelé à de plus hautes fonctions.

Il y avait de la fierté et du défi dans son intonation.

— Mais je ne peux pas te dire où. C'est secret.

Je n'ai pas commenté.

— Ne t'inquiète pas, j'ai déjà trouvé mon successeur et je le formerai. De toute façon, il s'agit de la sécurité du pays, il ajouta, le menton levé haut, les yeux piqués dans les miens.

J'ai fui en hochant la tête. Tony était devenu dangereux et j'avais dans ma poche la clé de la petite pièce et, dans la petite pièce, il y avait l'ordinateur tout mince, la liste des noms et le sourire d'Ania.

Il n'est pas resté longtemps.

— Je viendrai demain, j'amènerai le nouveau, maintenant j'ai à faire, il a dit.

Je suis resté seul avec les morts. J'allais les quitter moi aussi, j'allais les abandonner à leurs souffrances, seuls sur les carreaux blancs, sans respect ni tendresse, aux mains de leurs bourreaux. Je ne pouvais rien pour eux, seulement les photographier. Seulement refuser de participer à la danse macabre orchestrée par les employeurs des Tony de ce pays.

Une dernière fois, je suis allé fouiller dans les feuillets sur le bureau de Moustache frémissante. J'ai photographié les noms des lieux et les signatures de ceux qui torturaient et nous expédiaient les morts. Adossé à la porte fermée, j'ai observé la pièce. Sur le mur en face de moi, le président pinçait sa bouche sans lèvres, sa bouche qui n'arrivait pas à sourire, gênée par le menton tout entier mangé par le cou trop long. À côté de lui, son père, le président d'avant. Petit, j'avais un jour demandé à ma mère comment il était possible d'avoir un si grand front et une si maigre moustache. Elle m'avait giflé et avait vérifié que personne, autour de nous, n'avait pu entendre ma question. Plus jamais je n'avais posé de questions sur le président, ni sur le visage des gens, ni osé un commentaire. Le père du président nous avait appris le danger des mots. Le président d'aujourd'hui nous interdisait les mots qu'il n'avait pas expressément autorisés. Il encourageait depuis quelques années les mots religieux, pour se mettre sous leur protection. Moustache frémissante agissait de même, il avait fait accrocher à un mur un verset à la calligraphie empesée, dans un cadre surchargé d'argent et d'or. Juste au-dessous, une hampe soutenait le drapeau national. Sur son bureau, il n'y avait rien d'autre que son nom gravé sur une plaque, les feuillets des morts, une boîte de mouchoirs en papier et deux sous-verres en fausse dentelle et en vrai plastique.

J'ai quitté le bureau. J'ai eu envie de cracher par terre, mais je ne l'ai pas fait, ils pourraient emmener Ania dans un fourgon pour ça. J'ai récupéré ma sacoche, l'ordinateur tout plat, la liste des noms, la carte mémoire dissimulée au milieu des biscuits à la fleur d'oranger, les photographies d'Ania et des enfants, puis je suis sorti de l'hôpital sans regarder les fourgons garés devant notre service. J'ai marché dans les ruelles de la vieille ville pour être sûr que personne ne me suivait, que je ne croisais jamais le même pantalon de tergal, que je ne voyais jamais la même tête aux cheveux gominés ni la même veste en jean. J'ai poussé la porte du restaurant d'Abou Bassel juste après la prière du soir, il l'a tirée derrière moi et a installé la pancarte *Fermé*. Les rideaux qui donnaient sur la rue étaient clos, Abou Georges buvait un jus de citron, un homme était assis à côté de lui, qui m'a salué de la tête et m'a fait signe de prendre une chaise.

Dix-sept

— Abou Faisal a voulu te rencontrer, a dit Abou Georges. Il fait partie de ceux qui organisent.

L'homme était petit et maigre, brun de moustache et de cheveux. Ses yeux verts se cachaient derrière son nez, je les voyais bouger très vite sous leurs cils. Sa main droite restait immobile sur la table, comme si la chevalière, à son petit doigt, était trop lourde pour permettre le moindre mouvement.

— Que fais-tu à l'hôpital exactement ? il a demandé.

J'ai raconté.

Les yeux verts d'Abou Faisal ne m'ont pas quitté pendant mon récit. Je les sentais. Ma nuque se raidissait. Abou Faisal ne disait rien, n'exprimait rien. Je voyais juste sa main droite se crisper parfois, j'entendais le claquement de sa chevalière sur la table. J'ai raconté, ma voix s'est cassée sur Azzam Azzaz et je me suis tu. Abou Georges s'est essuyé rapidement les paupières, comme on chasse un cheveu qui gêne. Il a porté à sa bouche son verre de jus de citron déjà vide. Le silence a duré, la chevalière tapait sur le bois.

— Tu as les photos avec toi ? a demandé Abou Faisal.

J'ai hoché la tête :

— Dans mon ordinateur.

— Tu as une clé USB ?

Je n'avais pas de clé USB. Je n'ai jamais pensé à un nouveau voyage des morts. Je n'ai pas pensé à grand-chose. Dans l'ordinateur tout plat, ils étaient installés dans leur caveau, les uns à côté des autres, leurs visages et leurs noms reposaient là, enfin en paix et sans mensonge. Abou Faisal a tapoté un message sur son téléphone. Il m'a remercié des informations que je lui avais apportées. Il usait de mots précis et de phrases concises, j'ai pensé qu'il devait être un homme éduqué, un scientifique et qu'il n'aimait pas la poésie, ou s'il l'aimait, ce n'était que dans l'intimité la plus stricte. Il a décrit son groupe sans lyrisme et sans beaucoup de détails : « Le comité auquel j'appartiens fait partie d'un réseau qui couvre tout le pays, nous sommes de toutes les classes sociales, de toutes les professions et de toutes les confessions. Nous sommes des patriotes. Notre programme est celui de la révolution : liberté, dignité, justice. »

Abou Bassel est arrivé avec une carafe d'arak, un pichet d'eau et un bol de glaçons, Abou Faisal lui a fait signe de rapporter l'alcool à la cuisine. « Ce n'est pas le moment, donne-nous du thé. Fort. » Abou Faisal n'avait pas besoin d'élever la voix, ni de se répéter.

En même temps que le thé, a surgi, comme un chat, un jeune homme, presque un adolescent. Il m'a tendu une main maigre et a posé une clé USB sur la table. J'ai sorti l'ordinateur de la sacoche et la carte mémoire du sachet de biscuits à la fleur d'oranger, sans rien dire, un mouvement du doigt à la chevalière avait suffi. Le jeune homme non plus n'a pas ouvert la bouche. Il a allumé l'ordinateur, y a glissé la carte mémoire, sa clé, et les fichiers se sont mis à défiler à toute vitesse. Il les a ouverts pour vérifier que la copie avait bien été effectuée, Abou Georges a eu un geste de recul et Abou Bassel a étouffé un cri. J'avais raconté mais ils ont été surpris par mes morts. Mes mots n'avaient pas suffi. La chevalière a cogné contre le bois de la table. Le jeune homme a passé la main dans ses cheveux bouclés. Ses cils ont caché brièvement ses yeux noisette et ses doigts ont recommencé à taper à toute allure sur le clavier. Les morts ont disparu de l'écran. Il a tendu la clé à Abou Faisal, qui l'a simplement mise dans la poche de sa chemise. Nous sommes restés là, muets et immobiles. Je voulais les interroger, les questions se bousculaient, j'ai fixé la chevalière et me suis contenté d'attendre qu'Abou Faisal me dise où aller, maintenant que je n'avais plus ni emploi ni appartement ni Ania.

— Ayman va te donner une autre clé USB et t'expliquer comment la coder pour la protéger des indiscrets.

J'ai senti le vertige monter de mon estomac à mon cerveau.

— Tu ne peux pas quitter l'hôpital maintenant. Nous avons besoin de toi là-bas. Nous avons besoin de preuves.

J'ai regardé Abou Faisal, puis Ayman, Abou Bassel et Abou Georges, qui a hoché la tête. Ses paupières s'affaissaient vers ses bajoues, il ressemblait un vieil animal fatigué d'être triste ou triste d'être fatigué.

— Vous voulez que j'y retourne ? À l'hôpital ?

Les yeux verts d'Abou Faisal se sont cachés derrière son nez, ceux d'Ayman se sont accrochés aux miens, la chevalière a montré la porte de la cuisine et Abou Bassel s'est levé. Il est revenu, le pichet d'arak dans la main.

Abou Faisal a parlé de ceux qui dansaient et chantaient dans les rues du pays, du président et des tueurs aux cheveux gominés, du Tribunal international et des dirigeants des grands États étrangers. Ses mots devenaient lyriques. Il a dit que j'étais plus précieux dedans avec ma carte mémoire que dehors, ses combattants n'avaient même pas une arme par personne, alors qu'y ferais-je, moi, sinon me morfondre comme une bouche inutile à la révolution ? Il a prononcé « amour », « patrie » et « peuple ». Et moi je voyais les fourgons, les suppliciés, le bureau de Moustache frémissante, le revolver de Tony, les *moukhabarat* qui emmenaient Ania, les enfants seuls avec leurs peluches et le chat roux dans l'escalier. Je me suis rendu compte que je secouais la tête et que ma jambe droite saccadait sous la table.

J'avais dit adieu à l'impasse et menti à mes enfants. J'étais parti, et j'avais emporté le sourire d'Ania sur une photographie que je pensais porter toujours sur moi, de cache en cache et de bataille en bataille. J'avais fermé la porte de la morgue et les yeux des morts allongés sur les carreaux blancs.

— Non. Non, Dieu ne le permet pas.

Abou Faisal s'est tu. La chevalière a repris son tapotement sur la table et les ailes de son nez ont tressailli. Abou Georges a posé sa main sur la mienne. Elle tremblait comme celle d'un très vieil homme.

— Ils m'ont rendu mon fils dans un cercueil, mais ils me l'ont rendu. Tous ceux que tu vois sortis des fourgons, tous ceux que tu photographies, leurs familles ne sauront jamais, si tu pars. Le monde ne saura pas. Ils pourront continuer à festoyer sur notre liberté et tes enfants vivront sans respirer. Tu te souviens, quand tu es arrivé à l'hôpital, tu m'as demandé pourquoi ? Pourquoi photographier les morts ?

Je me souvenais. C'était mon premier jour. J'étais arrivé là parce que c'était tout ce que le père d'Ania, avec son petit réseau de petit fonctionnaire, avait pu me trouver. Un fiancé ne peut aller au mariage sans une chambre à coucher. Ma mère m'avait dit que l'amour vit dans la lune mais que l'amoureux doit en descendre, alors j'avais accepté l'hôpital et les morts. Abou Georges m'avait accueilli, une vieille blouse à la main et son savoir-faire à transmettre, une, deux, trois, cinq photos par corps, et le silence. Il m'avait appris à être le vivant qui ne parle pas en présence des morts et, à la question « pourquoi ? », il avait répondu en tendant le menton vers un corps nu : « Pour leur mémoire. »

— Tu te souviens ?

Je me souvenais.

— Il faut continuer. Ania t'aidera. Nous te protégerons.

Abou Bassel a versé de l'arak dans mon verre et dans ceux des autres. J'ai fixé longtemps Abou Faisal et j'ai fini par dire oui, sans bien savoir si je disais oui à l'arak, ou à l'hôpital et à Abou Georges. Nous avons bu en silence, un petit chant montait en moi, j'allais dormir cette nuit aux côtés d'Ania, j'allais entendre les enfants se lever demain matin. Mon estomac se durcissait, j'allais retrouver les fourgons et les carreaux blancs et les corps mutilés dessus, et la petite pièce et mes doigts moites sur mon appareil photo dans le bureau de Moustache frémissante, et ça allait recommencer le jour suivant, et celui d'après, et ils viendraient un jour, et je finirais moi aussi sur les carreaux blancs, photographié par un autre que moi, qui lui ne dirait rien à personne, et moi, « décédé de mort naturelle », ne trouverais jamais le repos, et la mémoire de mon supplice disparaîtrait à jamais.

Et puis Abou Faisal a souri, un petit sourire qui éclairait ses yeux verts.

— Il y a des gens, dans ton hôpital, qui appartiennent à notre comité. Eux aussi nous donnent des renseignements. Ces renseignements, nous les mettons en lieu sûr à l'étranger. Un jour, nous les montrerons au monde entier et à un tribunal. Et ce sera la fin du tyran.

Dix-huit

Je n'ai rien dit à Ania. Elle n'a rien su de ma décision de les quitter. J'ai tourné en rond toute la nuit dans la cuisine pour trouver un moyen de les protéger des fourgons rouillés. Je sais ce qu'ils font aux femmes et aux enfants. Ce que je ne vois pas sur les carreaux de la morgue, je le devine.

Je ne voulais pas mettre la clé USB dans le sachet de biscuits à la fleur d'oranger, ni dans la sacoche de l'appareil photo. J'ignore pourquoi. Je n'ai pas pensé que cet éparpillement me sauverait. Rien que cette clé, vierge de tout fichier, leur suffirait à me faire monter dans un fourgon rouillé. Aucun citoyen fidèle et loyal ne se promène avec tant d'objets de communication, pas même un photographe de l'hôpital militaire. Surtout pas un photographe de l'hôpital militaire.

J'ai remis la liste des premiers morts dans la poche de ma veste de mariage, sous sa housse, tout au fond de la penderie. Je ne me suis pas résolu à la brûler. À les faire disparaître complètement de ma vie. Ce n'était pas prudent. Mais Ania pourrait toujours nier en avoir connaissance, elle pourrait dire : « Mais il ne la met plus depuis des années, cette veste, je ne la sors jamais de la penderie, ça fait des lustres qu'il ne rentre plus dedans, elle ne ferme plus, il a pris trop de ventre, ce n'est plus le jeune marié fringant que j'ai épousé. » Et peut-être la croiraient-ils, car Ayman avait vidé l'ordinateur des suppliciés, des listes de lieux et des noms des bourreaux. J'avais passé une partie de la nuit à remplir le disque dur de photos des enfants et de vacances, et de comptes bancaires et de jeux idiots que le frère d'Ania m'avait donnés lors de son dernier séjour.

J'ai longuement réfléchi. J'ai décidé de transporter sur moi les preuves de ma trahison. C'était plus prudent pour Ania et les enfants. Je sentais la clé USB dans la poche de mon pantalon. J'avais l'impression qu'elle allait percer le tissu ou qu'un flic allait la prendre pour une arme, le canon d'un pistolet dissimulé, ou une matraque télescopique, m'arrêter dans la rue et me demander mes papiers. Il se rendrait compte de son erreur, mais tiquerait sur la clé. Sans doute mon statut de photographe à l'hôpital militaire le désarçonnerait un instant, mais il me houspillerait, pour ne pas perdre la face et sa virilité devant les passants. Et il remplirait une fiche de son écriture serrée, noir sur blanc, et la remettrait à son supérieur, dans son commissariat de quartier, et cette fiche filerait chez les *moukhabarat*, et un des pantalons en tergal froncerait le sourcil, se gratterait la tête et contacterait un collègue des Renseignements militaires. Et je finirais par monter dans un fourgon rouillé. Ce n'est jamais bon d'être remarqué par un flic chez nous. Une fois la suspicion sortie de son trou, il est impossible de l'y faire retourner.

Je suis passé devant le planton la tête haute, une ride au front et la main dans la poche de mon pantalon. C'était un nouveau, son uniforme marquait encore le pli du fer à repasser, il avait l'œil inquiet de celui qui doit réfléchir pour savoir s'il doit ou non saluer l'homme qui franchit le portail. Il a relevé le menton et porté le tranchant de sa main à son front. La clé USB me brûlait la paume, mais je n'avais pas été démasqué, j'ai failli lui sourire. Enfiler la blouse blanche, dans le bureau désert, m'a soulagé. Elle descend jusqu'aux genoux et est si vieille qu'elle est devenue informe. Je me suis réjoui que le département gestion de l'hôpital ait toujours négligé de répondre à mes demandes de blouses neuves, les récentes sont un peu plus ajustées. Salim n'était pas encore arrivé et Moustache frémissante ne se montrait jamais le dimanche, j'ai pris le temps de regarder autour de moi. Il n'y avait nulle part où cacher, même momentanément, la clé USB. Le tiroir de mon bureau n'avait pas de serrure, il était bancal et grinçait aussitôt que j'essayais de l'ouvrir. Il était entièrement vide. Je n'étais plus censé utiliser du papier depuis sept ans. Depuis que l'hôpital avait exigé que nous passions au tout numérique, seule traduction concrète des sommes versées par un État européen pour nous aider à lutter contre le terrorisme. Je me rappelle très bien la visite de la délégation de ce pays. Les ordinateurs avaient été apportés la veille. Ils trônaient sur nos bureaux métalliques des années 1960. Les hommes en cravate et la femme en tailleur avaient gardé un sourire figé et bienveillant devant les pieds maintenus grâce à des cales de carton et les chaises en bois. Les Européens n'auraient jamais dû quitter le bureau de Moustache frémissante, mais j'ai appris ensuite qu'ils avaient insisté pour visiter nos locaux. Moustache frémissante, cravate soyeuse sur chemise brillante, essayait son mauvais anglais en réfrénant son roulement des *r*. La gomina des cheveux de Salim brillait sous les néons. Les emballages du nouveau matériel étaient amassés dans un coin, les prises électriques n'avaient pas d'adaptateur, des fils pendaient dans le vide derrière les disques durs, les souris n'étaient pas branchées. La délégation a fait semblant de ne rien voir et s'est félicitée de son aide qui allait nous permettre de coincer tous les terroristes, et les empêcher d'atteindre leur destination, l'Europe.

Finalement, j'ai gardé la clé dans ma poche. J'ai inséré la carte mémoire dans l'appareil photo, j'ai déposé ma sacoche dans la petite pièce et j'ai remonté le long couloir vers la morgue. Les portes battantes étaient grandes ouvertes. Avant même de les atteindre, j'ai entendu la voix de Tony. Il parlait fort : « Celui-là, je l'ai vu avant-hier, il n'était pas fier dans le couloir qui va à la salle d'interrogatoire. » Je me suis arrêté, l'appareil au bout du bras, la clé USB dans la poche. « Lui, là, je lui ai craché à la gueule il y a trois jours, tiens, ça n'a pas suffi à nettoyer son sang. » Mes paupières ont commencé à papillonner. « Ce salaud-ci, je me souviens, il dansait en bas de ma rue, c'était tout au début, on lui a fait avaler ses slogans et ses insultes. » Mes jambes étaient lourdes et la clé trouait la poche de mon pantalon. « Ils se croyaient tout permis, avant, tu vois, maintenant, c'est nous qui rigolons. » J'ai fait un pas. Tony donnait des ordres, maintenant. « Celui-là, bouge-le un peu vers la gauche. Remonte la femme, là. » Je l'ai entendu rire. « Ils sont lourds, ces salauds, hein ? Bien plus morts que vivants. » « Aligne-les bien, c'est plus facile pour le photographe. Il faut quand même qu'elles soient propres, ses images. » J'ai refait un pas, un autre, je suis arrivé à la porte. Tony a levé la tête.

— Je te présente Freddy. Je le forme et je m'en vais.

J'ai croisé les yeux de Freddy. Un peu globuleux, presque dorés, bordés de longs cils de stars de films égyptiens. Il m'a souri sans lâcher le bras mort qu'il tenait, un bras décharné à la peau entaillée.

— C'est un ami d'enfance, j'ai fait attention au recrutement.

Tony lui a tapé un petit coup sur l'épaule, de la crosse de son pistolet.

— C'est qu'il y en a, des secrets, ici, on ne peut pas embaucher n'importe qui !

Tony était joyeux, fort et solide dans son uniforme repassé et ses rangers cirés. Freddy a élargi son sourire, ses grosses lèvres ne masquaient pas tout à fait une incisive gâtée et une molaire argentée. Une croix était tatouée sur son avant-bras droit, grossière et noire. Au-dessus, sur le biceps, le portrait mal dessiné du président se gonflait et se dégonflait. Son marcel débordait de son pantalon trop long pour ses jambes trop courtes. J'ai pris une blouse sur la patère, je la lui ai tendue.

— Tu devrais mettre ça, c'est salissant.

Le sang, sur le bras entaillé, était à peine sec, presque rouge encore.

Dix-neuf

La journée s'est écoulée, étouffante et inconfortable. Tony a disparu par les portes battantes, le sourire triomphant et le pistolet brandi au-dessus de ma tête, avec un tonitruant « Dieu est grand ». Je lui ai souhaité bonne chance et une vie radieuse. J'ai pensé aux bruits qui courent la ville à voix basse, qui disent que les cerveaux des bourreaux sont dopés aux amphétamines. Je me suis demandé si Tony y avait goûté ou si c'était juste la guerre sans risque des culs-de-basse-fosse qui l'avait métamorphosé. Les langues murmurent que les prisonnières sont violées et je me suis demandé si Tony n'avait pas perdu sa virginité dans une femme sanguinolente. J'ai serré fort mon appareil photo. J'ai eu, dans un vertige, une vision de lui m'accueillant à la descente d'un fourgon rouillé.

Freddy s'est appliqué toute la matinée. Il a tiré et traîné les suppliciés, levé et posé des bras, déplacé des jambes, redressé des têtes trop penchées. Il soufflait sur ses jambes trop courtes et s'inquiétait entre ses grosses lèvres, « ça va, là ? Celui-là un peu plus à droite, peut-être ? Cette main ne vous gêne pas ? » Son zèle m'agaçait, il m'obligeait à regarder attentivement les corps, à remarquer des détails que seul mon objectif aurait saisis. Depuis plusieurs semaines, mon appareil travaillait sans moi. Je m'extrayais. J'appuyais sur le déclencheur, je zoomais, je rêvais, je ne voyais plus les carreaux blancs, les cheveux crasseux, les cicatrices boursouflées, les tee-shirts maculés, les yeux voilés. Ce matin-là, le novice m'interpellait et les corps avec lui. Je ne pouvais pas le lui reprocher. Ça n'aurait pas été prudent.

Cinq clichés par corps. Pas un de moins, pas un de plus. La norme. Rester dans la norme. Je ne connaissais pas encore Freddy. Je ne savais pas s'il n'était pas missionné pour me surveiller. J'ignorais s'il buvait de l'arak, le soir, avec des amis en pantalons de tergal ou des compagnons en blousons bombés et cheveux gominés. Je ne pouvais pas vérifier s'il n'avait pas, au fond de la poche de son pantalon, un appareil enregistreur. Je ne lui ai pas parlé. Je l'ai tenu à distance le plus possible. Je hochais la tête pour lui répondre, et m'efforçais de me composer le visage que j'imaginais de circonstance dans ma position, concentré, assidu, distant, indifférent aux coups, aux bleus, aux entailles.

Abou Khaled, le factotum, a poussé les battants des portes, son plateau en avant, deux verres de thé en équilibre, la moustache fraîchement reteinte au henné foncé, la calotte de travers. « Monsieur Salim te demande », il a dit dans ma direction, ses yeux et son gros nez plissé. Abou Khaled fronce toujours les sourcils et le nez quand il a un message important à délivrer, qui l'oblige à sortir du mutisme imposé par sa fonction.

Salim était assis à son bureau devant son ordinateur éteint. Il se curait les dents avec un trombone déplié qui traînait là depuis des semaines. Il a posé la tige de fer et a tourné son siège vers moi, ses rangers noirs brillaient sous les néons. Je suis resté debout, l'appareil au bout de mon bras et la clé USB lourde dans ma poche cachée par le pan de ma blouse. Salim ne se rendait plus à la morgue. Je le voyais parfois superviser le déchargement des fourgons rouillés, quand l'embouteillage menaçait, ou quand de hauts responsables venaient visiter l'hôpital, mais il ne parcourait plus le long couloir jusqu'à la salle aux carreaux blancs.

— Tu dois passer à l'économat chercher un uniforme. Nous avons reçu une directive, tous les personnels doivent désormais porter l'uniforme dans l'enceinte de l'hôpital. Les terroristes peuvent s'infiltrer partout.

J'ai juste hoché la tête.

— Vas-y maintenant. Sinon ils vont fermer. Tu peux laisser ton appareil ici, personne ne te le volera, vu ce qu'il y a dedans.

J'ai tourné les talons. L'économat était à l'autre extrémité de l'hôpital. Il allait falloir traverser la cour, passer devant les fourgons rouillés, descendre au sous-sol. J'allais devoir me déshabiller. Ôter ma chemise et mon pantalon. La clé allait tomber de ma poche. Faire du bruit sur le sol. Attirer l'attention des soldats. Ils allaient appeler leur supérieur. Je n'aurais pas de réponse à leurs questions, pas de réponse convaincante. Je ne pourrais pas leur dire que je l'avais trouvée par terre, ce serait un aveu. Je ne pourrais pas dire qu'elle ne m'appartenait pas. Je ne pourrais pas prétendre qu'elle était un cadeau pour mes enfants, que je voulais imprimer des documents personnels ou des photos privées, elle était vide. J'ai pensé à Ania et aux enfants. J'ai vu les grosses mains d'Abou Georges et son sourire usé. J'ai vu les yeux verts trop rapprochés d'Abou Faisal et sa chevalière. J'ai descendu des marches, le lino se craquelait et se décollait, la crasse s'accrochait aux plinthes. J'ai vu les cheveux bouclés d'Ayman et ses doigts sur son front. Je suis sorti dans la cour. Trois fourgons rouillés manœuvraient pour quitter l'enceinte. Le chauffeur du camion de tête sifflotait, le bras sur le rebord de la fenêtre. Il avait l'air détendu, comme s'il partait pour le pique-nique familial du week-end. Un soldat, devant le portail, moulinait l'air, il souriait aussi. Même la cour sentait l'été. J'entendais le bruit de la clé sur le sol. Je voyais la bouche d'Ania dans le miroir de la salle de bains, elle y apposait du rouge à lèvres. De la fumée noire s'échappait des pots d'échappement, les véhicules toussaient. Je me suis dit que j'allais devoir donner ma blouse à la lingerie. Je le fais rarement, je ne la salis pas dans la salle aux carreaux blancs, seuls ceux qui manipulent les corps salissent leurs blouses, je ne salis que mon âme. J'ai traversé la cour derrière les fourgons, j'ai eu envie de courir et de franchir moi aussi le portail, avec la clé USB dans ma poche.

Je me suis enfoncé dans le sous-sol, la tuyauterie gloussait et crachait, les néons tressautaient. J'ai franchi une porte aussi grise que les murs, ça sentait la sueur et le chaud, un peu le moisi aussi, deux hommes triaient des uniformes pas repassés et des chaussures militaires dépareillées. L'un d'eux m'a demandé mon nom, mon service et ma taille, l'autre s'est penché sur un cahier grand format, il a tourné les pages couvertes de pattes de mouche. La clé pesait lourd dans ma poche. Son compagnon a fouillé dans une caisse, il a retiré un pantalon et une veste, il m'a désigné un banc en bois dans un coin, « essaie-le là, on n'est pas dans un grand magasin, ici, on n'a pas de cabine d'essayage », et l'autre a ri comme s'il ne se lassait jamais de la blague. Je leur ai tourné le dos, j'ai retiré mes chaussures. J'ai enlevé mon pantalon et je l'ai soigneusement plié en gardant la main sur la poche, je l'ai posé sur le banc. J'ai essayé le bas de l'uniforme, il était moite et crasseux, j'ai ôté ma blouse, j'ai passé la veste, j'ai dit « ça va », j'ai pris mon pantalon et le premier m'a arrêté : « N'oublie pas les chaussures. » Le néon semblait manger l'oxygène. J'ai dû m'asseoir sur le banc, j'avais du mal à les enfiler, je voulais faire vite, elles étaient un peu grandes et un peu décousues, mais je n'ai rien dit. Celui qui lisait le cahier m'a indiqué où signer, l'autre m'a proposé un sac pour mes affaires civiles, j'ai mis mon pantalon dedans, il m'a souri, je leur ai souhaité une bonne journée. Dans la cour, j'ai respiré l'air des gaz d'échappement à grandes goulées.

Vingt

Je me suis changé dans la petite pièce. J'ai remis mon pantalon civil et fourré l'uniforme crasseux dans le sac en plastique. La clé USB était restée à sa place au fond de la poche. J'ai ouvert grand la minuscule fenêtre, je me suis perché sur la pointe des pieds, j'ai tendu le cou, j'ai respiré profondément pour faire entrer l'air étouffant de l'été dans ma gorge et en expulser la peur. « Il faut chasser la peur et, si ce n'est pas possible, il faut l'enfermer dans un sac et garder le sac le plus loin possible de toi. Sinon elle te prend dans sa glu et c'est fini pour toi. » C'est ce que me disait le vieil épicier du bout de l'impasse quand j'étais gamin. Il avait fait plusieurs guerres, il avait survécu à autant de défaites, il ne supportait pas les bruits secs et sourds, il était un peu abîmé dans sa tête. Certains enfants, les plus audacieux ou les plus stupides, se moquaient de lui. Les plus timides en avaient un peu peur. Je faisais partie de ceux-là. La moustache jaune et tombante du vieil épicier flottait dans l'air chaud qui sentait l'asphalte plus que les arbres. Je voyais son pantalon bouffant et la petite calotte qui enserrait sa tête chauve. J'entendais : « Il faut enfermer la peur dans un sac et la tenir le plus loin possible de toi. » Il devait être mort aujourd'hui. J'espérais qu'il soit mort. Il n'était jamais revenu du pays de la peur.

J'ai fermé la fenêtre. Il ne fallait pas qu'un soldat la voie ouverte. Elle ne l'était jamais. Il ne faut pas attirer l'attention. Je me suis assis devant l'ordinateur et j'ai copié les morts, je les ai enfouis dans les tréfonds de la clé. Prêts à voyager encore, jusqu'aux vivants qui reconnaîtraient leurs souffrances, aux justes qui s'agenouilleraient devant eux.

Leur voyage commençait à l'adresse qu'Ayman m'avait donnée. Il fallait que je lui remette la clé. Mes doigts tremblaient, mes jambes aussi, ça s'appelle la peur, mais je me suis engagé auprès d'Ayman, auprès d'Abou Faisal, et surtout auprès des morts. J'ai pris le chemin de la maison, puis j'ai bifurqué vers la vieille ville. Je me suis rendu compte que mes yeux fouillaient les rues, les murs et les fenêtres. L'uniforme sale dans le sac en plastique me protégeait et me mettait en danger. Je savais par les télévisions étrangères que beaucoup de soldats désertaient. Les cheveux gominés et les biceps gonflés pouvaient être assez stupides pour s'imaginer qu'un déserteur marcherait dans la capitale son uniforme au bout de son bras. Les pantalons en tergal pouvaient s'interroger sur la loyauté de celui qui ne portait pas son uniforme en public. Mes yeux fouillaient les murs et mes pieds enfilaient les trottoirs.

L'adresse n'était pas loin d'une des portes de la vieille ville, à quelques pas d'un de ces ronds-points qu'affectionnait le père du président au début de son règne, un immense cercle soviétique, planté d'une colonne faussement antique en son centre. Les céramiques bleues avaient viré au gris et je ne me souvenais pas d'avoir jamais vu une seule goutte d'eau sortir des fontaines lourdes de crasse et de pollution. Les partisans du président défilaient parfois autour des ronds-points en hordes serrées précédées des caméras de la télévision officielle, en chantant « Nous ferons jaillir le sang des terroristes de tes fontaines ». On ne savait jamais dans quelle ville ils étaient filmés, le père du président avait enlaidi des ronds-points toutes les villes du pays.

Je suis passé devant l'adresse, je ne me suis pas arrêté. C'était un club de sport. Depuis la vitrine me fixaient des photos d'hommes jeunes aux muscles trop dessinés et aux cheveux étincelants de brillantine, un haltère dans chaque main, leurs dents saillaient au-dessus de leur menton viril. « Oui, ma force », précédait une rangée de points d'exclamation. Tout le monde sait dans la ville que les clubs de sport sont les quasi-monopoles des gros bras des miliciens du président. Depuis que notre président les a lâchés sur les manifestants, ils les ont investis, souvent rachetés, ils aiment les tapis roulants et les machines compliquées faites de poids, de poulies et de pédales. Elles exigent de lourds efforts et des pensées frustes, de celles qui font merveille dans les sous-sols des ministères de l'Intérieur et du Renseignement militaire.

Un Rambo en maillot de corps ajusté, une mèche en accroche-cœur sur le front, et un apprenti camionneur à la chevelure plaquée en arrière, collés à la vitrine, dérobaient à ma vue l'intérieur du club. J'ai continué mon chemin. J'ai essayé de me souvenir du mouvement des lèvres d'Ayman. Je procède ainsi quand je doute de ma mémoire. C'était la bonne adresse, il me l'avait répétée deux fois. C'était peut-être un piège. Ou alors une formidable couverture, capable de garder à distance les pantalons en tergal. Ils avaient beau travailler avec les brutes aux cheveux gominés, ils s'en méfiaient. Ils les appréciaient tant qu'ils restaient à leur place d'exécuteurs. Ils les appréciaient tant qu'ils pouvaient les mépriser sans risquer de se retrouver un jour du mauvais côté de leurs poings. Depuis le début des événements, l'équilibre avait commencé à pencher du côté des brutes. Le président aimait les sans-cervelle. Il les convoquait à chacune de ses sorties, ils savaient le faire acclamer par le peuple. Il n'avait jamais réussi à développer ses biceps, ses pectoraux, ou ses cuisses, pas plus que son menton. Il en venait à savourer ces têtes carrées et ces corps épais. Les pantalons de tergal le savaient et ils se méfiaient. C'est leur nature.

Ayman s'est soudain matérialisé devant moi. Comme s'il m'attendait. Il m'a fait signe de marcher derrière lui, est entré dans une ruelle aux murs si rapprochés que deux personnes n'auraient pu s'y croiser de face. Un chat roux et blanc fouillait un tas d'ordures. Un rat s'est échappé, sa queue a crissé sur des papiers et des morceaux de plastique.

Vingt et un

Ania a compris que ça n'allait pas, rien qu'à la façon dont ma clé a glissé dans la serrure. Depuis plusieurs semaines, je lui demande de mettre le verrou quand elle est à la maison avec les enfants. Je sais que c'est stupide. Une porte fermée de l'intérieur n'a jamais empêché les pantalons de tergal de pénétrer dans un appartement pour se saisir de leurs habitants et les jeter dans un fourgon rouillé. Je sais que ce n'est pas prudent. Une porte fermée renforce les soupçons d'Abou Mariam, le concierge. Il en a déjà. Il ne me l'a pas dit ni même montré, mais je le sais. C'est son métier qui veut ça. C'est le mien, de métier, qui me vaut ça. Comme tout informateur, il se méfie des photographes. Il les assimile aux journalistes. Et être journaliste, ou photographe, en ce moment, c'est être un traître. Que je travaille à l'hôpital militaire ne change rien. Au contraire. Surtout que je n'ai pas été assez prudent, toutes ces années. Je n'ai jamais critiqué ouvertement le président, mais je n'ai pas chanté ses louanges non plus. Je ne suis pas descendu dans la rue bardé des couleurs nationales les jours de défilé. Je n'ai pas de porte-clés à l'effigie du protecteur de la Nation. Pire, je n'ai jamais fait de cadeau à Abou Mariam, à part les étrennes.

Quand je lui ai intimé d'utiliser le verrou, Ania m'a demandé pourquoi. Je lui ai dit que je ne voulais pas qu'Abou Mariam ou quiconque puisse ouvrir à la volée, sans sonner ni prévenir. Elle a haussé les épaules. Les copines de Najma ont l'habitude d'entrer ainsi depuis qu'elles ont l'âge de venir, c'est tout juste si elles grattent à la porte, elle a répondu. Jamil est trop petit pour atteindre le verrou lui-même, il faudra qu'Ania se déplace à chaque fois qu'il veut descendre à la balançoire ou qu'il en remonte, et il s'amuse à ça plusieurs fois par jour avant que je ne revienne du travail aussitôt que le temps le permet, elle a ajouté. On ne va pas commencer à garder les enfants à la maison, on n'est pas en Europe ici. Et puis qu'ils n'allaient jamais plus loin que le petit jardin en bas et qu'il y avait toujours quelqu'un pour les surveiller, une autre mère, une bonne ou Abou Mariam, et qu'elle deviendrait folle à devoir s'interrompre à tout bout de champ pour ouvrir à l'un, à l'autre, aux copines de Najma, elle a encore répondu. J'ai répété que je voulais le verrou fermé, je l'ai dit avec une voix plus aiguë que d'habitude, je sentais que je m'énervais, la carte mémoire était dans ma sacoche au milieu des biscuits à la fleur d'oranger et je voyais le petit placard où est enfermé l'ordinateur tout fin, j'avais photographié les dépecés du jour, j'avais volé les noms des bourreaux dans le bureau de Moustache frémissante et mes yeux piquaient. Depuis cette soirée-là, elle ferme de l'intérieur.

Ania a su que ça n'allait pas quand ma clé a buté contre la serrure. Une fois, deux fois, trois fois. Mes doigts tremblaient. Je sais que personne ne l'avait remarqué quand je marchais dans la rue, j'avais enfoui ma main droite au fond de ma poche et la gauche serrait fort le sac en plastique avec mon uniforme sale et froissé. Le sang cognait fort contre mes tempes, la migraine battait contre mon front et mes paupières. Ania a fini par ouvrir la porte, elle a jeté un coup d'œil derrière moi, elle m'a pris par le coude, m'a fait rentrer et elle a refermé. Deux tours de clé dans le verrou du haut, et deux dans la serrure. Elle est restée devant moi dans l'entrée sans bouger, ses yeux ont glissé sur ma bouche qui tressautait et se sont accrochés aux miens. L'appartement était sombre, je voyais le reflet bleu de la télévision dans le salon et la petite lumière de la cuisine. Les enfants étaient couchés, il était tard et Ania m'attendait depuis longtemps. J'avais encore loupé l'heure des histoires pour Jamil et les chansons de Najma. Elle croyait que j'avais passé la soirée à boire de l'arak, à jouer au trictrac ou à plastronner avec Salim. Je n'ai pas nié. Je l'ai contournée, je suis allé dans la cuisine, j'ai posé sur la table ma sacoche et le sac qui contenait l'uniforme sale et les jouets pour les enfants, je me suis assis, mes jambes ne me portaient plus, j'ai allumé une cigarette, mes doigts tremblaient. Je ne fume jamais dans la maison, à cause des enfants. Je sors toujours sur le balcon. Ce soir-là, il y avait trop de monstres dans la nuit. Ce soir-là, même les fourgons rouillés avaient des ailes. Ce soir-là, même le balcon était dangereux.

Ça tournait dans ma tête. Je suis un homme prudent. Je n'ai jamais aimé le risque. Sortir de l'impasse me faisait presque peur. À l'hôpital, les morts ne parlaient pas. Ils étaient bien rangés dans les tiroirs, les bras le long du corps, Tony les faisait glisser à l'extérieur et les rentrait ensuite, ils ne pouvaient pas s'échapper des frigos. Je savais quand ma journée de travail commençait, quand elle se terminait, et les morts, même si je n'enviais pas leur fin, me laissaient en paix. Je savais ce que nous pouvions acheter aux enfants avec nos salaires, le mien et celui d'Ania, et où nous pouvions aller en vacances. Je savais comment me tenir très loin des lignes rouges, et même jaunes. Je trouvais qu'Ania parlait trop. Elle se permettait des blagues à peine codées. Elle ne surveillait pas assez les oreilles autour de nous au restaurant. Elle moquait le ton révérencieux de son père et les phrases de son journal. Je suis resté à l'écart des manifestations au début. Je ne trouvais pas prudentes les lueurs d'enthousiasme dans les yeux d'Ania. Nous en avons discuté, un peu, elle s'est rangée à mon avis, autant pour moi que pour Najma et Jamil. Elle n'est pas allée chanter dans les rues.

Et puis les morts des fourgons rouillés m'ont emporté. Je me suis mis à courir après eux. Je me suis mis en tête de les sauver. Ils ont débordé de mon appareil photo. Je me suis mis à les chercher partout, sur les chaînes de télévision étrangères, dans les recoins de la ville, jusqu'au fond des prunelles d'Ania. Je les ai trouvés partout, jusque dans les comptines fredonnées par Najma, jusque dans les jeux guerriers de Jamil. Je suis devenu imprudent. J'ai suivi Ayman sans savoir où il me menait, jusque dans le passage aux détritus, j'ai passé la porte de l'immeuble miteux et j'ai monté l'escalier derrière lui en ignorant si les pantalons de tergal m'attendraient au haut des marches. Je suis entré à sa suite dans une petite pièce encombrée, le néon m'a brûlé la rétine, j'ai vu des ombres danser, j'ai reculé, Ayman m'a dit : « ne t'inquiète pas, il n'y a personne à part nous, personne ne rentre jamais ici sauf moi », j'ai scruté ses pupilles, il n'y avait ni froideur ni mensonge, j'ai fait trois pas en avant et j'ai regardé autour de moi. Les ombres n'étaient que des effigies plates d'hommes souriants en tenues moulantes, posées au milieu de boissons énergisantes empilées les unes sur les autres et d'haltères dépareillés. Des appareils de musculation démantibulés m'ont fait penser aux morts de l'hôpital.

J'ai donné la clé USB à Ayman, ma bouche refusait d'émettre le moindre son. Il a ouvert un placard et m'a tendu un soda comme si le mélange de bulles et de sucre était le seul capable de me faire desserrer les lèvres. J'ai hésité, ici on empoisonne aussi, j'ai fini par prendre la canette et lui a pris la clé. Il a fouillé une boîte et m'en a donné une autre. « Je garde celle-là, en voici une vierge. Je n'ai pas d'ordinateur ici, on ne sait jamais », il a dit. J'ai voulu partir mais il m'a retenu. Il m'a expliqué que la boutique était la couverture la plus sûre de toute la ville. Les cheveux gominés du quartier la fréquentaient depuis longtemps, il les connaissait tous, il pouvait les surveiller de près, il récoltait des informations parce qu'ils parlent volontiers dans le vestiaire en buvant un thé après les haltères et les tapis roulants. Ils aiment se vanter et ils oublient souvent qu'Ayman est là, ou alors ils tiennent à lui prouver qu'ils ne viennent pas dans sa boutique pour soigner leur apparence mais parce que la mission que le président leur a confiée exige une forme parfaite. Ils ne peuvent pas imaginer qu'Ayman fait partie des traîtres et des terroristes étrangers, les traîtres et les terroristes étrangers sont trop lâches pour se jeter dans la gueule du loup. « Mais ils sont trop bêtes pour comprendre que c'est moi le loup », Ayman a souri sous ses cheveux bouclés. Il a voulu parler des prochaines fois où je viendrais remettre les morts, je ne savais pas s'il y en aurait, j'allais peut-être finir demain comme les détritus dans la ruelle, souillé, brisé, anéanti, mais Ayman a encore souri, et son sourire reflétait toute la force des danses, et le nouveau drapeau, et un monde sans portraits géants de président, et l'avenir de Najma et Jamil, et la douceur du printemps.

Nous sommes convenus que, à l'avenir, je passerais devant la boutique, il sortirait, me dépasserait sur le trottoir et je le suivrais dans la ruelle, sans que nous nous regardions ou échangions un mot.

Je suis parti avant lui, j'ai repris la ruelle, débouché sur un grand boulevard à bonne distance de la boutique. Je me suis retourné, je n'ai vu personne derrière moi. J'ai regardé à droite et à gauche en rentrant mon menton, pas une ombre pour s'intéresser à moi. J'ai marché en serrant le sac avec l'uniforme sale, j'ai pris un boulevard et encore un autre, j'ai essayé de me calmer, j'ai respiré l'air chaud qui montait de l'asphalte et la fumée des pots d'échappement, j'ai laissé passer le coucher du soleil et la prière de la nuit, j'ai fini par prendre le chemin de la maison, mes doigts tremblaient toujours, une nouvelle clé était enfouie au milieu des biscuits à la fleur d'oranger.

Ce soir-là, j'ai tout raconté à Ania, je voulais qu'elle m'ordonne d'arrêter, qu'elle brise la clé USB après me l'avoir jetée au visage, qu'elle me reproche de les mettre en danger, elle et les enfants, qu'elle exige que j'oublie les morts, Abou Faisal, Abou Georges et Ayman. Elle a allumé une cigarette à côté de moi dans la cuisine et puis une deuxième. Elle m'a embrassé sur la tempe droite, elle m'a dit que je devais continuer et qu'elle m'aiderait, car le peuple s'était levé et que nous en faisions partie.

Vingt-deux

Ania essaie de faire comme si de rien n'était. Elle ne demande pas de nouvelles des morts. Elle ne me donne pas de noms à vérifier. Elle n'empêche pas Jamil de tuer les terroristes avec son fusil en plastique. Elle n'interdit pas à Najma de chanter à tue-tête son amour du président. Elle se plaint parfois de l'augmentation de la vie. Les tomates, les concombres, la coriandre, les aubergines, le thym, les cerises, la menthe, tout est plus cher. Avant, nous avions l'éden, à côté de la capitale, là où tout pousse, saison après saison. Nous nous y échappions parfois le vendredi. Nous allions cueillir les fraises au début de l'été, marchander des cageots de gros fruits et de légumes brillants, boire le thé chez les maraîchers, pique-niquer sous les pommiers. Et puis l'armée du président l'a perdu, elle a dû se retirer de l'éden.

Il y a maintenant un check-point, un deuxième et puis un troisième, il se murmure qu'ils sont innombrables, qu'ils coupent toutes les routes qui mènent à notre Eden, même les plus discrètes. Les check-points sont là pour notre sécurité, prétendent les journaux, les télés et les radios du président. Nous sommes du bon côté, ici, dans la fournaise de la ville, les terroristes sont de l'autre, là-bas, dans les jardins.

Ania et moi avons vu un reportage sur une chaîne étrangère. La nuit, derrière les rideaux tirés du salon, était brûlante. Les journalistes étaient filmés en train de pénétrer dans notre éden perdu. Ils progressaient sous les arbres et à travers les champs en se cachant des soldats et des hélicoptères. Ils disaient que la marche avait été longue et dangereuse, ils ne disaient pas quel chemin ils avaient pris. Tout à coup, après les cultures et les vergers, ils nous montraient des hommes et des enfants danser et des femmes faire des farandoles. Ils nous montraient des drapeaux agités sur les places et des assemblées qui votaient à mains levées. Ils nous montraient des hôpitaux cachés dans des maisons et des mères éplorées sur le corps de leurs enfants tués par les hélicoptères. Nous savions que ce que nous voyions à l'écran était vrai, nous avons reconnu les places et les rues, et même un maraîcher chez qui nous allions boire le thé. Le maraîcher maudissait le président et ses hélicoptères, et lui souhaitait de mourir dévoré par les flammes que ses armes crachaient.

J'habite et je travaille dans la fournaise. Le président y fait mourir son peuple. Le peuple que je vois sur les carreaux de la morgue. Je ne parle pas à Freddy, pas vraiment, juste quelques mots, je veux qu'il ne se doute de rien, qu'il ne sache pas que je donne les morts à Ayman pour qu'il les fasse voyager à travers le monde entier. Freddy est bavard, je l'entends souvent blaguer avec Abou Khaled, le matin, pendant que j'enfile ma blouse par-dessus l'uniforme qu'Ania lave et repasse chaque semaine.

Il parle en bougeant les morts, de tout sauf des morts qu'il range, il raconte le film de kung-fu qu'il a regardé la veille, le plat que sa mère lui a préparé, le prix exorbitant de la bague qu'il veut offrir à sa future pour leurs fiançailles. Il parle de la voiture qu'il aimerait acheter, de la télévision à écran plat qu'il rêve de s'offrir, des meubles de salon qu'il veut pour son mariage. À moi, il annonce le nombre de « terroristes » livrés par leurs fourgons rouillés avant l'aube qui s'entassent dans les couloirs. Il dit « terroristes » à la chaîne, dix fois dans sa phrase, comme s'il donnait à manger au président sur son biceps. Il fait rentrer les « terroristes » dans la morgue sur des brancards ou dans une brouette qu'il a dénichée grâce à Tony, il verse les « terroristes » sur le carrelage et range les « terroristes », « pour la photo », il répète, sans leur offrir la moindre pause, sans aligner leurs pieds l'un contre l'autre ou joindre leurs mains, sans redresser leur tête ni fermer leurs yeux, quand ils en ont encore.

Freddy envie un peu Tony qui a réussi à trouver une bonne place pour compléter son salaire. Tony lui a raconté que les familles des « terroristes » pleurent pour des informations et qu'elles sont prêtes à payer pour une lettre, un morceau de vêtement, une promesse de traitement privilégié, n'importe quoi qui leur laisse un peu d'espoir. Freddy trouve normal que Tony en profite. Ça fait partie des avantages du poste, comme violer les femmes entravées et les enfants quand ils ne sont pas trop abîmés par les coups. Freddy est bavard. Il laisse ses mots déborder un peu plus à chaque fournée de morts et je ne sais plus si j'ai envie de fuir ou si j'ai envie de le tuer.

Jamais je n'ai eu envie de tuer avant.

J'ignore comment c'est arrivé. Les morts me mangeaient. Ania le voyait mais je ne voulais plus rien lui dire. Nous fumions tous les soirs sur le balcon en contemplant la fournaise. Nous regardions tous les soirs les télévisions étrangères, nous entendions dans le casque les chants et les tirs. Nous passions toutes nos nuits blottis l'un contre l'autre sans oser laisser le sommeil nous séparer. Nous avions peur de nos cauchemars et des coups frappés contre la porte.

Un matin, il y a eu sur les carreaux blancs de la morgue une femme aux yeux bandés de noir et à l'épaule déboîtée. Freddy a soulevé le tee-shirt déchiré de cette femme et a fixé les traces violettes sur sa poitrine. Il a parlé de Tony et de ses amis et des compléments en nature de leurs salaires. Il a touché les seins de cette femme. Il a caressé les marques violettes. J'ai senti la bile qui remontait de mon ventre à ma gorge. J'ai posé mon œil contre le viseur et j'ai pris un plan large, la femme au tee-shirt déchiré et la tête de Freddy et le président sur son biceps. Plus tard, dans la réserve au-dessus de la ruelle aux détritus, j'ai tendu la clé USB à Ayman. « Pour tes amis qui ont des armes », j'ai dit, sans rien expliquer. Il m'a scruté longtemps, a pris la clé et m'a fait signe de sortir. La fois suivante, il m'a demandé quand je prenais des vacances.

Vingt-trois

Moustache frémissante se racle la gorge. Il dit que le pays est en guerre contre les terroristes et que le peuple a besoin de chacun de ses soldats à son poste. En conséquence, tous les congés sont suspendus. Il dit que la direction de l'hôpital est bien consciente que certains d'entre nous ont programmé des vacances avec leur famille, ceux-là ont exceptionnellement droit à un week-end prolongé de quatre jours pour emmener femmes et enfants dans leur lieu de villégiature. Il ajoute : dorénavant personne n'est autorisé à sortir quoi que ce soit de l'hôpital. Il fait un salut militaire et tourne les talons.

Salim pose sa main sur mon bras. « Tu as compris, ton appareil photo reste là, maintenant. Ta sacoche aussi. Finis les portraits au bord de la rivière pour arrondir les fins de mois. » Je n'ai jamais fait ça, prendre en photos des inconnus contre rémunération, mais je ne proteste pas, ce n'est pas prudent de contredire ouvertement un chef. Je hoche la tête, pose ma sacoche par terre, prends mon appareil photo et me dirige vers la salle des suppliciés. Freddy râle après les morts et gémit contre nos supérieurs, il comptait tant sur ses vacances pour préparer ses fiançailles et essayer, avec l'aide de Tony, de trouver un complément de salaire auprès des familles des futurs cadavres. Je ne relève pas, je fais comme si je n'entendais rien, je ne veux rien entendre, je photographie machinalement les corps, cinq clichés réglementaires et deux ou trois supplémentaires pour Abou Faisal, je me demande comment je vais récupérer la clé USB au fond de ma sacoche, s'ils vont me fouiller à la sortie, je me demande comment casser la clé et la faire disparaître. Je ne peux plus. Je ne veux plus trembler à chaque seconde pour rapporter les morts à Ayman. Abou Faisal n'aura qu'à l'expliquer au monde entier.

Freddy revient du couloir avec un garçon, presque un enfant, il est gros et rond, il a les yeux clos sous ses arcades sourcilières enfoncées, un pied qui pend hors de la brouette, un tee-shirt orné d'un Mickey souriant troué et un caleçon rouge. Freddy le verse par terre en soufflant, il est en sueur. « Voilà le dernier, il est presque intact, ils l'ont pas gardé longtemps, celui-là. Ils étaient énervés. Ou il a pas tenu le coup. Ni supporté les coups. Tiens, c'est drôle, ça. » Il se marre, Freddy, alors je suis obligé d'esquisser une grimace et je fais un petit bruit en me cachant derrière mon appareil photo. Freddy ne doit pas savoir que je le déteste. Il ne doit pas savoir que je voudrais le voir là, sur les carreaux sales, à la place du gros garçon au tee-shirt de Mickey et au caleçon rouge. Il ne doit pas savoir. Ce ne serait pas prudent.

Je n'ai pas le droit d'arrêter le voyage des morts. Il faut que ce garçon raconte au monde ce que les Tony et les Freddy font dans les centres de torture, dans les prisons, dans les hôpitaux militaires, dans les commissariats, aux barrages, dans les fourgons rouillés. Il faut que les morts parlent parce que nous, les vivants, nous ne pouvons pas parler. Ils ont cousu nos lèvres et arraché nos langues, il y a des décennies. Ils ont commencé par faire taire nos parents, nos parents nous ont fait taire et nous faisons taire nos enfants. Je fais taire Najma et Jamil, je les rends muets et sourds, je ne leur apprends pas les mots que le président n'aime pas. Ces mots-là, je les garde pour moi, je les ai enfermés dans ma tête, je leur ai interdit ma langue, ils se cognent contre les parois de mon cerveau, ils n'ont pas le droit de sortir, ils crient à l'intérieur. Pourtant, ces mots-là sont chantés sur les places des villes et des villages.

Avant de partir, je demande à Salim où je dois laisser mon appareil photo. Il désigne le tiroir de mon bureau, je lui fais remarquer qu'il ne ferme pas à clé. « Imagines-tu qu'il y a des voleurs dans un hôpital militaire ? », il réplique en lissant sa moustache entre le pouce et l'index. Il sourit : « De toute façon, s'il disparaît, ton appareil photo, l'État t'en offrira un autre. Ton travail est utile à l'État. Tu prends les terroristes en photos. Tu es le gardien des preuves. » Des griffes enserrent ma nuque. J'essaie de sourire, je réussis à étirer mes lèvres sur mes dents et à émettre un vague grognement. Je veux partir, je veux me débarrasser des preuves, je veux livrer les morts à Ayman, pour qu'il les confie à Abou Faisal et qu'Abou Faisal les fasse voyager, le plus loin possible de ma famille, le plus loin possible de Najma et Jamil et Ania, le plus loin possible de moi, je veux laver la carte mémoire de mon appareil photo et ma rétine du garçon au tee-shirt de Mickey. Je sais que ce n'est pas possible. Je veux crier. Je sais que ce n'est pas possible. Je veux fuir. Je sais que ce n'est pas possible.

Vingt-quatre

Ce matin, on enterre Freddy. Je comptais mettre mon costume noir, Ania m'a persuadé de porter mon uniforme : « Tout l'hôpital sera là. Ils seront tous en uniforme. Ce n'est pas prudent de porter un vêtement civil. » Elle a eu raison. Ils sont tous là, serrés dans la nef de l'église, en médailles et en galons, en uniformes repassés et brodequins cirés. Sauf la mère, la fiancée de Freddy et son père.

Elles sont figées dans le noir de leurs chemisiers, de leurs jupes, de leurs collants, de leurs traits de khôl. Elles se tordent les mains et lèvent les yeux au ciel, elles l'ont vu faire sur les photos prises dans des pays en guerre et sur les chaînes étrangères à la télévision. Mais c'est vrai que nous sommes un pays en guerre.

Le père baisse la tête, il ne pleure pas, il ne marmonne pas, il laisse ses bras ballants le long de son corps et ses mains inertes au bout de ses bras. Son costume est un peu étroit, sa veste le boudine aux hanches et le serre sous les aisselles. J'ai presque mal pour lui. Même s'il est un peu responsable de la grossièreté de Freddy quand il jetait et remuait les morts et louchait sur les seins, les fesses, le pubis des suppliciées. Le père cherche du regard le réconfort des hommes de Dieu. Ici, les hommes de Dieu sont aussi des hommes du président. Derrière l'autel, le prêtre appelle à la vengeance, pour le pays et tous les Freddy du pays menacés par les terroristes et leurs bâtards, et les chiens de leurs bâtards, et les putes de leurs chiens. Tony et les amis de Freddy s'exclament, la voix basse et les mots rauques, ils convoquent le sang et la terreur. Je me dis que les carreaux de la morgue vont déborder de suppliciés tous frais dans les prochains jours. J'en veux presque à ceux qui ont attendu Freddy, à ceux qui ont tiré. Je n'aurais peut-être pas dû parler à Ayman.

Je me mets dans la file sous la tente de deuil. Je piétine en même temps que les autres pour présenter mes condoléances. Je ne peux pas m'abstenir. Ce ne serait pas prudent.

La main de la fiancée de Freddy est molle comme le biceps de son fiancé où tremblotait le portrait du président. Sous la voilette, son fond de teint est strié de traînées blanchâtres, les larmes ont creusé des ravines. Elle s'est maquillée à la mode des starlettes d'ici, à grandes épaisseurs.

Freddy a été tué proprement. Ils ont attendu que je sois parti à la campagne amener les enfants chez les parents d'Ania, au village. Ils ont attendu que je sois sur la terrasse avec le père d'Ania qui lisait le journal du président à l'ombre du grand arbre. Ils ont attendu qu'Ania soit dans la cuisine avec sa mère à préparer les premières confitures d'abricot. Ils ne m'avaient pas mis dans la confidence. Ce n'aurait pas été prudent. Mais je savais quand j'ai fait monter les enfants dans la voiture que Freddy arrêterait de maudire les suppliciés. Je savais quand j'ai passé les barrages militaires que Freddy le supplétif ne maltraiterait plus les enfants massacrés.

Ayman m'a dit ensuite qu'ils avaient enquêté sur Freddy. Ils l'ont suivi. Ils ont discrètement interrogé des connaissances, des proches. Ils ont obtenu des renseignements de son église, de son ancien lycée, de ses anciens employeurs, de l'hôpital. Abou Faisal dispose d'un vrai réseau. Ayman parle de la « branche *intelligence* », avec un accent anglais rocailleux. Il ajoute en riant : « Les chats ne font pas des chiens, nous savons espionner nous aussi, nous sommes les fils de ce pays, nous avons grandi avec le père de ce président. » Je ne sais pas comment Ayman réussit à rire si souvent. Comme s'il ne risquait pas de se retrouver devant l'œilleton de mon appareil photo, s'il l'ignorait ou s'en moquait. Ayman m'a lâché à propos de Freddy : « Ce n'est pas un gros poisson, mais il servira de messager pour les autres. » Il paraît que les soldats désertent. Ils fuient les check-points et les représailles des révolutionnaires. Ils refusent de tirer sur le peuple ou ils ont peur que le peuple se venge. C'est ce que prétend Ayman et c'est ce que disent les télévisions étrangères.

Freddy ne voulait pas déserter. Il n'était pas content des conditions de travail et surtout pas de la suspension des congés, mais il ne voulait pas déserter. Il voulait gagner l'argent de son mariage et avoir de l'avancement pour obtenir un poste où on peut monnayer les morts auprès de leurs familles. Il est mort dans une encoignure de porte près de son immeuble, un soir qu'il rentrait, un peu ivre sans doute. Il n'a pas souffert comme ceux qu'il transportait dans la brouette. La balle a éclaté son crâne. Une seule balle. Freddy s'est effondré. Le tireur a déposé un communiqué à côté de lui. Le réseau l'a posté sur les réseaux sociaux. Il proclamait que le peuple est grand et fort, qu'il veille et qu'il protège, qu'il exige la liberté et la dignité.

Vingt-cinq

C'est fermé. Il n'y a aucune affichette sur la vitrine du restaurant pour me rassurer, pour m'informer qu'Abou Bassel est parti en vacances avec Oum Bassel, au village, ou dans la montagne, ou dans sa station balnéaire préférée, ou à New York où vit son fils aîné, ou à Paris où il a un cousin. Je ne peux pas voir si la salle est rangée ou en désordre complet, les rideaux sont parfaitement tirés et je n'ose pas coller le nez à la vitrine pour essayer de trouver un interstice, je me ferais forcément remarquer, quelqu'un se demanderait ce que je fais là. Ce ne serait pas prudent. Le restaurant est fermé, Abou Georges est introuvable, Ayman n'est pas dans sa boutique et j'ai peur.

Je n'ose pas me retourner quand je marche dans la rue. Ni regarder mon reflet dans les vitres. J'ai trop peur de me rendre compte que je suis suivi. Que je vais disparaître moi aussi bientôt. Que je vais retrouver Abou Bassel, Abou Georges, Ayman et peut-être même Abou Faisal dans les sous-sols de l'immeuble des Renseignements militaires. Que j'aurai beau me boucher les oreilles, les hurlements des suppliciés traverseront mes tympans. Que j'aurai beau fermer les yeux, les bourreaux viendront me chercher. La porte en fer claquera, les gardiens hurleront, leurs matraques frapperont, ils me feront mettre à genoux et ramper sur le ciment humide et collant.

Il ne faut pas que je pense. Le restaurant est fermé, je ne trouve pas Abou Georges, ni Ayman, la clé USB me pèse, mais il ne faut pas que je pense. La ville est déserte, comme tous les ans à cette période. Est-ce que les révolutionnaires partent aussi en vacances ? Les bourreaux non, ils sont toujours à l'hôpital, ils déversent toujours les corps des fourgons rouillés devant la morgue, les transportent toujours jusqu'à la morgue. Ils ont même augmenté la cadence, les fourgons viennent maintenant plusieurs fois par jour, et de plus en plus souvent la nuit. Je le sais parce que Salim, l'autre nuit, m'a demandé de venir travailler, la salle carrelée débordait, il y en avait partout, jusque dans le couloir devant le bureau de Moustache frémissante, les soldats les avaient déposés n'importe où et n'importe comment, ils ne pouvaient pas rester là jusqu'au matin. Il fallait les photographier vite, pour qu'ils puissent être emportés avant l'arrivée des autres fonctionnaires, répétait Salim en tournant autour de moi comme une mouche ivre de cadavres. Il sentait la cigarette, l'alcool et un parfum lourd et sucré de femme. Il était habillé en civil, son costume clair était froissé, sa cravate de travers.

Il lissait machinalement tour à tour ses cheveux huilés et sa moustache. Il n'avait pas envie d'être ici, dans le couloir devant le bureau de Moustache frémissante, il avait été dérangé, il fulminait, il ne réussissait pas à le dissimuler ou ne cherchait pas à le faire.

— Ça me mine le moral, tout ça, on n'a même plus nos nuits tranquilles, il a dit en faisant un grand moulinet du bras au-dessus des morts. Dépêche-toi, qu'on s'en débarrasse.

— On les met où ? j'ai demandé, l'œil collé à l'appareil.

J'ai senti qu'il s'arrêtait net.

— Ça t'intéresse, toi ?

Je me suis forcé à continuer à photographier, surtout ne pas interrompre mes gestes, surtout ne pas laisser soupçonner une seconde la giclée de sueur glacée au bas de mon ventre, mon cœur qui se mettait à battre n'importe comment, l'étau qui enserrait ma nuque.

— Il y en a tellement, je me demande ce qu'on en fait, j'ai dit du ton le plus neutre que je pouvais trouver.

— Te demande pas trop. Finis ça, vite, et rentre chez toi.

L'ordre était sec. J'ai entendu une menace.

Deux jours plus tard, j'ai dû travailler toute la journée comme d'habitude, et puis la nuit suivante, encore le jour d'après et une grande partie de la nuit. Je ne sais pas comment Salim a appris qu'Ania et les enfants étaient au village. Il a demandé au factotum de m'installer un matelas dans le bureau. « C'est plus simple, tu seras sur place aussitôt qu'un chargement arrivera. Tu les traiteras plus vite, ça désengorgera. » Abou Khaled a hoché la tête avec sa déférence habituelle et l'a traité de fils de chien et de bâtard de fils de pute aussitôt que Salim a tourné les talons. « Tu crois que c'est de mon âge, peut-être, d'aller chercher un matelas à l'autre bout de l'hôpital et de le porter sur mon dos ? », il m'a jeté à la figure. J'ai reçu un demi-sourire édenté quand je lui ai proposé de l'aider à apporter le matelas.

Abou Khaled m'a fait traverser la grande cour, puis deux autres moins imposantes. Il marchait vite et d'un pas plus assuré que dans les couloirs de notre étage. J'ai compris qu'il trichait un peu, avec sa patte folle, son pas hésitant et son plateau qu'il faisait trembler pour que les verres tintent. Dans la deuxième cour, il m'a fait un clin d'œil. Le dos bien droit, il portait beau, l'ancien soldat à la retraite, même s'il boitait toujours légèrement. Je me suis surpris à rire, d'un rire complice, amical, voilà que j'avais de la tendresse pour le vieux bougon jamais content, qui économise le thé en le mélangeant à de la limaille de fer et ramasse toutes les pièces qui traînent, oubliées dans des blouses ou sur des bureaux. Je lui ai renvoyé son clin d'œil. Le président pouvait tuer la moitié de son peuple, il n'empêcherait pas l'autre moitié de faire semblant de lui obéir pour mieux tromper ses sbires.

Au fond de la deuxième cour, Abou Khaled s'est dirigé vers un bâtiment de trois étages, long et jaune, à la façade fissurée. Je n'étais jamais venu jusque-là, depuis toutes ces années où je travaillais à l'hôpital. Des barreaux épais, ronds et rouillés, balafraient les fenêtres. Beaucoup n'avaient plus de vitres. Des chiffons grisâtres et bruns y pendaient. Un drôle de bourdonnement, comme une rumeur, provenait de l'immeuble. Un cri, puis deux et trois, prirent le dessus. Et encore un, deux, cinq. « On arrive à l'heure de la tournée des médecins », a lâché Abou Khaled. « C'est pas le meilleur moment, mais mon ami Hashim va nous trouver un matelas. » Je me suis arrêté à quelques dizaines de pas du bâtiment. J'avais vu un mouvement derrière une fenêtre. Une main. Elle a attrapé un des linges. Elle était décharnée. Elle avait une peau aussi grise que le linge qu'elle agrippait. Abou Khaled était devant une porte en métal, il s'est retourné vers moi : « Viens, on va le trouver, ton matelas. » Je me suis approché sans pouvoir quitter la main du regard. Et puis j'ai vu deux yeux au-dessus de la main. Noirs, ronds et immenses dans leurs cavités sombres.

Un cri m'a fait sursauter. Abou Khaled tenait la porte ouverte. Il a grimacé : « T'as pas l'habitude. C'est normal, à force de fréquenter que les morts, t'as oublié que juste avant d'arriver chez toi, ils ont été encore un peu vivants. » Il a claqué la porte derrière moi. La puanteur m'a fait tousser. Elle était vaguement douceâtre mais surtout âcre et pesante, c'était une odeur que je ne connaissais pas, que je ne sentais pas à la morgue, qui pesait la peur, la souffrance, les chairs pourries, la crasse, la sueur, la faim, les produits pharmaceutiques. Le couloir était long et vitré à mi-hauteur, bordé d'un dortoir de chaque côté, des lits superposés et, au-dessus, des draps et des visages gris, des corps maigres et des crânes chauves. Des hommes en blouse blanche circulaient dans les travées, l'un d'eux tenait une longue baguette, comme une cravache.

— C'est quoi, ici ? j'ai demandé à Abou Khaled, une fois arrivé dans une autre salle, où s'entassaient des fauteuils roulants hors d'âge, des béquilles, des civières, et des brancards sans roulette.

La pièce était grande, mal éclairée, avec des recoins sombres.

— Ici, c'est la réserve. Enfin, l'endroit où on met ce qui ne sert plus. On va trouver un matelas. Hashim, Hashim, où es-tu ?

Je ne pouvais pas me contenter de ça. Pas aujourd'hui, plus maintenant, plus après la salle des morts vivants. Ce n'était pas prudent, mais je ne pouvais pas, ça aurait même été louche, ne pas poser de question, pas une seule question.

— Non, ici, c'est quoi ? Une prison ?

Abou Khaled s'est arrêté net. Il a baissé la voix.

— Ici, c'est un endroit que tu n'as jamais vu. Je n'aurais jamais dû t'amener ici. Si Salim l'apprend, Dieu sait ce qu'il va faire.

Abou Khaled retrouvait sa posture du bureau, épaules basses, nez vers le sol. Je savais maintenant que c'était un rôle de composition.

— Trop tard. Dis-moi maintenant. C'est quoi, ça ? Dis-moi, sinon j'en parle à Salim.

Il a haussé les épaules.

— Tu n'oseras pas en parler à Salim. Je suis sûr que tu ne diras rien sur moi à Salim. J'ai des yeux et je suis capable de les utiliser.

Abou Khaled avait redressé ses épaules, son dos. Il se tenait droit comme un soldat. Sa voix ne tremblait pas. Il savait, je me dis qu'il savait. Pour la petite pièce que je fermais à clé, pour la clé USB, pour tout. J'ai répété ma question.

— C'est quoi, ici ?

Son regard s'était détourné de moi et s'était fixé sur un coin de la réserve, où étaient posées en vrac des civières sans roues et des béquilles cassées.

— Ici, ils sont tous malades. Ils vont tous mourir. Comme les autres, mais ceux-là on les transporte ici, Hashim ne sait pas bien pourquoi, peut-être qu'ils ont peur qu'ils soient contagieux.

Hashim est arrivé, il a fait l'accolade à Abou Khaled. Il paraissait aussi décrépi que le bâtiment dans sa vieille veste d'uniforme décousue aux épaules et son pantalon indéfini. Le turban enroulé autour de sa tête avait sûrement été blanc un jour. Il était taché de rouille, sa moustache aussi. Mais les néons en fin de course qui crépitaient déformaient sans doute les couleurs et le reste.

— C'est pour lui, le matelas ? il a demandé à Abou Khaled en me désignant d'un coup de menton. C'est qui ?

— Notre photographe.

Hashim a hoché la tête.

— Il doit m'en rester un à peu près potable.

Il est allé farfouiller dans un coin de la réserve et est revenu en traînant un matelas en mousse. Nous sommes sortis par-derrière, Abou Khaled en tenant un bout et Hashim l'autre. À la lueur du soleil, j'ai scruté le tissu. Il y avait des auréoles de différentes tailles et de différentes teintes. J'ai pensé aux crânes chauves, aux yeux enfoncés dans les orbites, aux chairs flasques et à l'odeur. Je me suis juré de ne jamais dormir dessus, même pour une sieste de dix minutes.

Vingt-six

Je ne suis pas rentré à la maison depuis onze jours. Au village, Ania est catastrophée. Elle veut laisser les enfants chez ses parents et venir m'arracher aux griffes de l'hôpital. « Si je suis là, ils ne pourront pas t'empêcher de rentrer chez nous ! », elle me dit au téléphone. Je ne veux pas qu'elle revienne en ville avant la date prévue ni qu'elle change quoi que ce soit au programme. Ils savent tout. Ce que nous avons planifié. Ce que nous faisons. Le plus petit changement apporte le soupçon. Le soupçon le plus infime mène aux caves et aux bourreaux.

Et puis je refuse qu'Ania me voie comme ça. À force de côtoyer les suppliciés, je sens la mort et la peur. Je sais que c'est leur mort, je ne sais plus si c'est leur peur ou la mienne. Je pense que c'est la mienne, car elle sent fort, elle sent puissamment, c'est une peur vivante. Elle m'atrophie. Elle rétrécit ma vie. Elle bouche mon chemin. Je ne me douche plus que tous les deux ou trois jours, à toute allure, dans les sanitaires communs de l'hôpital. J'ai peur qu'ils viennent me chercher alors que je serai nu. Ce serait encore plus facile pour eux. Ils pourront m'humilier tout de suite. Me faire courir nu sous leurs bâtons autour des cours et ils riront à perdre leur souffle. J'ai peur qu'ils fouillent mes vêtements pendant que je me lave et trouvent la clé USB. Les morts sont dedans, je continue à les y entasser, je ne sais pas vraiment pourquoi, puisque je ne sors pas de l'hôpital et que j'ignore même si Ayman est de retour dans sa boutique de musculation pour cheveux gominés ou s'il hurle dans un cachot. Ce n'est pas prudent de continuer à entasser les morts dans la clé USB. Ce n'est pas prudent mais ils ne me laissent pas le choix.

Depuis quelque temps, ils ne mettent plus d'étiquette, ni au poignet ni au gros orteil, ils n'inscrivent plus le nom et l'âge. Ils tracent juste un chiffre, là où il y a de la place. Sur le torse des hommes s'il n'est pas trop lacéré ou brûlé, ou enfoncé, sur le front des femmes. Ils volent même le nom des morts. Le jour où je m'en suis rendu compte, j'ai pleuré. Pas sur les suppliciés. Les morts sont morts, ils ont souffert et ils sont morts, seule la vengeance les apaisera peut-être. J'ai pleuré sur l'impasse et les petits matins le nez dans la nuque d'Ania, juste derrière ses oreilles, où elle garde son odeur de petite fille. J'ai pleuré sur les rires de Najma et Jamil aux jeux en bas de l'immeuble. Sur le petit garçon que j'étais et qui ne savait pas. J'ai pleuré sur ce que le président a dévoré de son appétit d'ogre, sans rien laisser de nos vies que la peur, les armes et la folie.

Je dors, la tête sur mon bureau, entre mes bras croisés. Salim me fait presque tomber en donnant un coup de pied dans ma chaise : « On a encore une livraison. Tu t'occupes de celle-là et tu rentres chez toi, tu as besoin de repos. » Je me lève péniblement, je me dirige vers la salle carrelée, Salim m'arrête. « Ils sont en bas. Dans la cour. Ils sont trop nombreux. »

En descendant, Salim pérore comme si de rien n'était, comme si le pays n'était pas brûlé par son président, comme s'il n'y avait pas de suppliciés dans la cour de l'hôpital. Il me demande si Ania est partie avec les enfants. Il me demande des nouvelles d'eux. Il les a aperçus quelques fois, avant que tout ne commence, au club des militaires. Nous allions de temps à autre à la piscine, à des spectacles pour les petits ou à des barbecues. Je n'aimais pas beaucoup ça, mais Ania me disait tout le temps que je ne pouvais pas y échapper. « Si nous n'y allons jamais, on nous prendra pour des snobs et ce n'est pas prudent. » Je haussais les épaules. « Si tu ne le fais pas pour ta carrière, fais-le pour notre tranquillité. » Elle avait raison bien sûr et je cédais. Najma et Jamil, en plus, adoraient ces sorties. Il y a peu d'occasions de barboter dans une piscine en ville. Je suis étonné que Salim se souvienne de leurs prénoms, de la dernière fois qu'il les a vus et qu'il calcule leur âge sans se tromper. Je ne me rappelle que vaguement les visages de ses trois garçons. Salim a une trop bonne mémoire pour moi. Et puis il me revient qu'Ania m'a assuré un jour qu'il appartient aux Renseignements militaires et qu'il est là pour surveiller Moustache frémissante. Ania le tient de son amie qui a un amant très haut placé dans la sphère la plus haut placée.

Sur l'asphalte gras de la cour, ils sont des dizaines et des dizaines. Je travaille machinalement. Mon doigt appuie sur le déclencheur, mon esprit ne voit plus les corps. Plus tard, sur l'écran de l'ordinateur, je me rends compte que j'ai pris des clichés larges. Les suppliciés y sont alignés, ils remplissent toute la photo, de haut en bas, de droite à gauche. Ces photos-là sont pour Ayman et Abou Faisal. Elles sont pour le monde entier.

Salim frappe à la porte. Je ne sursaute même pas. Je suis au bout de ma fatigue. J'accepte de l'accompagner. Il a besoin de parler. J'ai besoin de boire.

Vingt-sept

Je ne remets les pieds au bureau que trois jours plus tard. Salim me regarde bizarrement. Il me demande comment je vais après ces « vacances ». J'ai prétendu une gastroentérite pour cacher ma gueule de bois. En fait, je suis resté prostré dans mon lit pendant trois jours. Trois jours de terreur. Trois jours à voir les morts me fixer au fond des yeux. Trois jours à sentir les sales pattes de Tony et des autres sur moi.

Je grimace, je grommelle, « vacances, vacances », Salim tire sur sa cigarette, il dit qu'il a parfois un mauvais sens de l'humour et que j'ai toujours l'air chiffonné. C'est la première fois que je le vois fumer dans le bureau. Habituellement, il va dans la cuisine ou dehors. Moustache frémissante ne fume pas et il n'aime pas que ceux qui sont sous ses ordres le fassent. Surtout son adjoint. C'est à peu près le seul domaine où il peut lui montrer son pouvoir. Salim est assez intelligent pour être discipliné. Salim est ambitieux. Je sais qu'il a été frustré dès le début de sa carrière parce qu'il n'appartient pas au bon clan.

Ses parents ne sont pas de la bonne région. Il appartient au grand groupe dont le président se méfie. Comme moi. Comme Ania. Comme l'immense majorité du pays. Maintenant, il a l'occasion de rattraper son retard. Parce qu'à force de purges et de révoltes, il n'en a plus tant que ça sous le coude, des gens fiables, le président. Il se replie sur son cercle à lui, sur sa famille, pour les postes les plus importants, les plus exposés et ceux qui rapportent le plus, mais il faut bien faire tourner la machine. Il a de quoi nommer de grands chefs, le président, son clan est assez grand pour ça. Mais pour les chefs plus petits, pour les chefs du milieu de l'échelle, pour ceux des pantalons de tergal et des cheveux gominés, il doit puiser dans les autres clans. Il a moins confiance mais il sait comment les tenir. Il joue sur l'ambition, sur leur peur de la disgrâce et leur volonté farouche de rester là où on devient intouchable, là où l'argent et les voitures de luxe et les maîtresses et les jets privés et les honneurs se déversent sur toi.

Je sais bien, moi, que les Salim, dans ce pays, n'atteindront jamais le haut de l'échelle. J'ai compris depuis longtemps, moi, qu'il faut appartenir au clan pour ça. Mais les Salim ne veulent pas le savoir, parce que l'ambition les empêche d'être rationnels et réalistes. Parce qu'il faut bien croire que tu ne vends pas ton âme au diable pour presque rien. Il faut bien croire que ton âme vaut cher. Sinon tu finis par avoir honte d'être du côté des cheveux gominés et des pantalons de tergal. De ne même pas avoir le courage de descendre dans la rue chanter « le peuple veut la chute du régime ».

Salim a signé le pacte du sang. Il a regardé sans pleurer les corps sur l'asphalte de la cour, sous le toit de tôle du hangar, offerts aux rires et aux quolibets de tous. Il a voulu se saouler avec moi après, mais sur le moment il n'a pas cillé. Et maintenant, trois jours plus tard, il s'interroge sur ce qu'il a pu me dire, dans ce bar un peu chic, entre deux verres de whisky. Il ne faudrait pas que quelques phrases prononcées dans la fumée des cigarettes lui vaillent la disgrâce. Ou, pire, l'envoient dans un cachot.

Il s'est mis de profil, je ne vois que son œil mort. Il allume une cigarette de plus et se tourne vers moi. La fumée me cache partiellement ses yeux. Je n'aime pas ça. « Tu as vraiment l'air au bout du rouleau, toi », il dit. « Il te faudrait un assistant. Il y a assez de travail pour deux en ce moment. » La phrase met du temps à arriver jusqu'à mon cerveau. Sûrement parce que je n'ose pas comprendre. « Je vais voir ça dès que possible », il ajoute. Et il quitte le bureau. Il me laisse avec ces mots et mon appareil photo.

Je commence à trembler à la morgue. D'abord tout doucement, presque imperceptiblement. Aucun des deux nouveaux qui remplacent Freddy ne s'en aperçoit. Ils sont trop occupés à essayer de ranger les corps.

Ils s'échinent encore. Je sais que ça ne va pas durer. Je ne leur parle pas. Je ne veux pas essayer de me souvenir de leurs noms. Ils mourront ou ils descendront dans les cachots rançonner les suppliciés et violer les prisonnières et ils seront remplacés par d'autres. Ce n'est pas la peine que je fasse l'effort. De toute façon, je suis bien trop occupé à garder le contrôle de mes mains. Elles sont en train de m'échapper. Une fois, et puis une deuxième, et une troisième, mon boîtier tombe. Mes doigts tremblent si fort que je ne réussis pas à le tenir. Les deux s'en rendent compte. Ils essaient de sourire, moi aussi, mais ça ne marche pas bien. « Tu es tout blanc », dit l'un des deux. « Fais attention, tombe pas malade, tu vas finir comme eux », dit l'autre en tirant par le bras un des morts sans réussir à le bouger. Il grimace, « LOL ». Je ne trouve pas ça drôle du tout. J'entends la voix de Salim : « Il faudrait que tu le formes, cet assistant. C'est spécial, ce travail, quand même. Ça ne s'improvise pas. » Je tremble et j'ai le ventre couvert d'une sueur glacée. Il ne faut pas que je m'enfuie. Il ne faut pas que je quitte l'hôpital avant l'heure. Il faut que je reste jusqu'au bout de la journée. Il faut que tout soit normal.

Je vais m'enfermer dans la petite pièce. Je transfère les photos au bureau du procureur, puis je les mets sur la clé USB. Je cache la clé dans le col de mon uniforme, derrière ma nuque. J'y ai cousu une doublure.

C'est toujours moi qui couds à la maison, quand il faut repriser un vêtement, remplacer un bouton, ajouter un écusson à un uniforme d'école des enfants. J'aime ça, coudre. J'ai appris avec un vieil artisan à l'entrée de l'impasse, quand j'étais gamin.

Vingt-huit

Je suis sorti de l'hôpital sans être fouillé. J'ai salué la sentinelle. J'essayais de ne pas marcher trop vite. J'avais hâte de remettre la clé à Ayman et de lui raconter le coup de l'assistant. Je n'aime pas ça. Je sais ce que ça veut dire. Salim se méfie de moi. C'est dangereux. Jusque-là, Salim ne me voyait que quand il avait besoin d'un compagnon de fortune pour aller dans son bar. Je n'étais qu'une blouse blanche et un appareil photo. Un meuble du service, un meuble qui bougeait. Maintenant, il me jauge, j'ai commencé à prendre de l'épaisseur. C'est dangereux. Abou Faisal doit être mis au courant. Ils doivent prendre des mesures. Cesser de me mettre en péril. Je ne peux plus leur donner les photos. C'est de la folie. Je tremble. Je suis en colère. Ils ont profité de mon dégoût et de ma pitié pour les suppliciés. Ils m'ont mis en danger. Je voulais juste qu'ils m'aident à partir. À quitter l'hôpital. Ils m'ont utilisé. Sans penser à moi, ni à Ania, ni aux enfants. Ils nous ont tous mis en danger. Je marche de plus en plus vite. Je veux voir Ayman. J'aime bien Ayman. Il m'écoutera. Il n'aura pas le choix.

Mustafa, un cousin d'Ayman que j'avais déjà croisé, m'a intercepté dans la rue à proximité du magasin. Il est arrivé derrière moi, m'a bousculé en me dépassant, s'est excusé et m'a murmuré : « Prochaine à gauche et tu suivras le gars qui porte un tee-shirt blanc avec un smiley vert. » Je n'ai pas le temps de lui demander pourquoi. Je dois être suivi par des hommes de Salim ou pire. Ils ne veulent pas risquer de dévoiler la cache de la boutique. Ou elle aussi est devenue dangereuse. Les questions tournent trop vite dans mon cerveau. Je sens ma nuque se raidir. Je tourne à gauche. Mustafa disparaît. Je vois le smiley vert, je ne cherche même pas à deviner son visage. Le smiley dans son dos grimace. Il marche normalement. Tranquillement. J'ai du mal à calquer mon pas sur le sien. Je vais trop vite. Je le rattrape presque, ça m'oblige à ralentir, j'essaie de faire semblant de m'intéresser à une vitrine, je me dis que celui qui me suit ne va y voir que du feu. Il ne doit pas repérer le smiley vert. J'ai l'impression d'être dans un film d'espionnage, je commence à imaginer des lunettes noires partout, je me vide de mon eau.

Le smiley grimaçant s'engouffre dans le grand marché. Il se faufile entre les passants, je m'efforce de ne pas le perdre de vue. Il y a du monde, c'est la fin de l'après-midi, la température est plus clémente, l'air moins étouffant, les gens sortent faire leurs courses, flâner, manger une glace, ils vont au café jouer au trictrac avec leurs amis. Smiley grimaçant multiplie les tours et les détours. Il passe par le quartier des antiquaires, puis celui des bijoutiers. Il traverse la halle des bouchers et bifurque dans l'allée des libraires. Dans le quartier des épices, il s'arrête devant une boutique, contemple les monceaux de cumin, de fleurs d'hibiscus, de coriandre, de paprika, je ne sais pas quoi faire, c'est tout juste si je ne lui rentre pas dedans. Une main m'attrape le coude par-derrière, une voix me murmure : « Viens, on va faire une partie de trictrac » et je reconnais celle d'Abou Georges. Il me pousse vers l'avant, on dépasse Smiley grimaçant qui s'engouffre dans l'échoppe, je me sens près de m'effondrer, mais Abou Georges m'oblige à presser le pas. Brutalement, il me pousse dans un magasin de jouets. L'entrée est presque entièrement masquée par des babioles qui pendent en grappes. À l'intérieur, on s'arrête enfin. Je suis essoufflé.

Derrière la caisse, une jeune femme commence à parler et s'arrête en pleine phrase en voyant Abou Georges. Elle a le visage couvert d'une couche de fond de teint qui ne réussit pas à masquer les boutons. Elle est plutôt laide et le foulard maronnasse serré autour de sa tête n'arrange pas les choses. Elle indique le fond du magasin d'un mouvement de tête, Abou Georges me pousse, « allez, avance ». On grimpe un escalier ridiculement étroit, on traverse une pièce basse de plafond, on franchit une porte, encore une pièce, une autre porte, on monte quelques marches et on se retrouve sur une terrasse dissimulée par des palissades de bois ajourées et des plantes vertes exubérantes. Là, enfin, Abou Georges me lâche. Je le regarde. Il a coupé sa moustache en brosse bien nette et ses cheveux. Il se tient plus droit qu'avant. Il faut dire que je le voyais surtout penché sur le trictrac ou sur un verre d'arak.

— Tu as rajeuni.

— Et toi, tu deviens con, mon fils. Tu n'as même pas vu que tu étais suivi depuis l'hôpital ? Le type est sorti juste derrière toi. Heureusement qu'on a des gens à nous à l'intérieur pour pouvoir te surveiller de près. Et que ces abrutis sont faciles à semer.

Je dois avoir l'air d'un parfait idiot parce qu'il glousse, un petit rire rentré et modulé.

— Assieds-toi. Ils vont arriver.

J'obéis. Je n'ai plus aucune volonté propre, plus aucun libre arbitre. Je ne sais pas qui me l'a volé, la révolution, le président, Salim, la fatigue, la peur, les morts, la clé USB. J'ai soif, soudain. Il fait très chaud sur cette terrasse, il n'y a pas un souffle d'air. Abou Georges ne dit plus rien. Dans la rue, en contrebas, les passants sont pressés comme des sardines, mais ils se faufilent, ils coulent les uns contre les autres, le flux passe. De temps en temps, un homme ou une femme s'arrête devant une boutique, ça ralentit tout le reste, et puis l'homme ou la femme sont contournés et ça redevient fluide.

— Ça fait longtemps que je suis suivi en sortant de l'hôpital ? je demande.

— On n'avait pas remarqué avant aujourd'hui. Un des nôtres, à l'intérieur, on pense que Salim t'a dans le collimateur. C'est embêtant. C'est un vicieux, Salim.

Abou Georges m'avait déjà mis en garde contre lui « et son œil mort qui voit tout » quand il m'a formé. Je n'y avais pas prêté attention, à l'époque, je me fichais de vivre sous surveillance dans le pays du président. Je savais que je ne pouvais rien changer, je pouvais en revanche me consacrer à mon bonheur avec Ania, pour nos enfants à venir. Elle était enceinte de Najma, je venais de trouver un travail sûr, un poste à vie, je me moquais du reste. Et puis j'ai oublié les avertissements feutrés d'Abou Georges. Jamil est arrivé, et le bonheur familial, et la routine, et les dépenses à assurer. Et après encore, la révolution et les suppliciés, et je me suis perdu dans les morts, et j'avais peur, je n'avais plus le temps de penser aux conseils d'Abou Georges, j'ai accepté d'aller boire avec Salim, parce que je n'avais pas le choix. C'est ce que je dis à Abou Georges.

— Il ne m'a pas donné le choix, il a bien fallu que je le suive dans ce bar.

Il hausse les épaules. Il se lève quand Abou Faisal arrive. Moi aussi, mais Abou Faisal m'indique de me rasseoir. Il ordonne à Abou Georges :

— Tu peux demander à Mariam de nous faire venir des thés ?

On reste seuls. J'ai l'impression qu'Abou Faisal a maigri.

— Tu as la clé sur toi ?

Il me regarde étrangement quand j'enlève ma veste et puis sourit quand j'extrais la clé de la doublure du col.

— Pas mal pensé.

Il la prend, la pose sur la petite table devant lui. Il m'intime de tout lui raconter, de répéter les phrases de Salim précisément, mot à mot. Ça ne dure pas longtemps. Salim a été bref. Je me tais. Les yeux d'Abou Faisal se sont enfoncés dans leurs orbites. Ils sont plus verts, aussi. La chevalière n'est plus au petit doigt de la main droite, mais à son annulaire. Il a bien maigri. Je ne pose aucune question, mais il répond quand même.

— Je mène une vie fatigante, je ne dors pas assez, je ne mange pas assez. Il va bientôt falloir que je quitte la ville pour de bon. Mais nous allons nous occuper de toi d'abord.

Il me demande quand je dois aller chercher Ania et les enfants. Si je peux y passer un week-end ou un peu plus. Je ne sais pas. Nous sommes censés rester à nos postes jusqu'à nouvel ordre. Mais Salim m'a sommé de me reposer. Il m'a assuré aussi qu'il allait faire venir cet assistant le plus vite possible.

Abou Faisal se lève, il s'éloigne de quelques pas, parle à voix basse dans son téléphone. Je ne comprends pas ce qu'il dit. J'ai l'impression que le peu qui me restait de ma vie m'échappe. Salim et Abou Faisal en décident, je ne maîtrise plus rien, je suis un jouet, je n'ai plus le loisir de prendre la moindre décision. Abou Georges revient avec les thés et Ayman dans son sillage. Je suis content de voir Ayman. Il a toujours ses cheveux bouclés, mais son sourire est plus pâle. Je ne suis pas le seul à être épuisé. Je n'y avais pas pensé avant. Nous sommes tous épuisés. Le président nous a aussi à l'usure. Je ne suis pas le seul à risquer le cachot et le supplice. Mais je suis seul face à Salim et aux morts, seul dans la petite pièce, et j'oublie qu'avant d'être trimballés dans des brouettes et allongés sur les carreaux de la morgue, les torturés vivaient comme vivent Abou Faisal, Abou Georges et Ayman. Nous sommes tous en sursis et je ne vois pas comment nous allons nous en sortir. Je n'y crois plus. Je le dis à Abou Faisal et à Ayman qui vient de s'asseoir à côté de moi.

— Je n'y crois plus.

Ayman pose une main sur mon épaule et la serre très fort.

— Nous n'avons pas d'autre choix que d'y croire, il répond tout bas.

Abou Faisal tend la clé à Ayman et dit qu'il doit s'absenter. Que chacun rentre chez lui et qu'on se recontactera le lendemain d'une façon ou d'une autre. Moi, je dois aller au travail comme si de rien n'était, il dit avant de me faire l'accolade. Ses mains autour de mes épaules sont froides. Son visage fermé. Il n'a aucune chaleur pour ma solitude, ni pour ma peur. Je retombe sur ma chaise.

— Vous n'allez pas recommencer ? Vous n'allez pas me refaire le coup de « il faut y aller, il faut les preuves, le monde entier saura, tu feras gagner la révolution » ?

Je me rends compte à la réaction d'Ayman que je crie presque et je baisse la voix, je murmure :

— Le monde entier sait et il ne fait rien. Les preuves ne servent à rien.

Ayman murmure aussi :

— Il faut continuer, il faut continuer à faire sortir les preuves. Mais pour toi, on va trouver une solution. C'est pour ça qu'Abou Faisal est parti.

Abou Georges se lève.

— Viens, on va dîner et boire un coup chez Abou Bassel. Tu boiras de la citronnade, moi de l'arak et on jouera au trictrac.

J'ai voulu résister, je n'ai pas su. La vision de l'appartement vide, de l'avenue toute droite devant l'immeuble où roulent toujours des convois de fourgons la nuit m'a terrassé. J'ai suivi Abou Georges. Ayman est parti de son côté. Il ne m'a pas rendu la clé. J'ai eu l'impression de devenir orphelin et inutile.

Vingt-neuf

J'ai dormi chez Abou Georges, dans la chambre de son fils tué au début de la guerre du président contre son peuple, son fils qui est revenu dans un cercueil plombé. C'était son seul enfant. Je me suis demandé, quand j'ai appris sa mort, comment je réagirais si on m'enlevait Najma ou Jamil ou même les deux. Ça m'a fait tellement mal que je n'ai pas voulu y réfléchir très longtemps et encore moins essayer de me mettre dans la tête et le corps d'Abou Georges. C'est l'évêque en personne qui a dit la messe funèbre. Il l'a salué comme un héros, les trémolos dans la voix. Mais il a refusé qu'Abou Georges voie son fils une dernière fois. « Juste son visage, le vieux photographe a supplié, juste le visage. » Abou Georges sait bien ce que ça veut dire, il a travaillé des décennies à la morgue de l'hôpital militaire. Il a vu des fusillés et des suppliciés, ça ne date pas d'aujourd'hui. Moi, je sais qu'Abou Georges n'a pas idée de l'ampleur et de la sauvagerie. Il n'a pas vu les photos de la clé, il me l'a dit. C'est mieux.

Personne n'a de détails sur la mort de Georges. Abou Georges veut croire qu'il a été fusillé pour avoir désobéi à un ordre. C'est possible, les télévisions étrangères en ont beaucoup parlé à une époque, au début, au moment où Georges est revenu dans un cercueil plombé. « Ça expliquerait aussi pourquoi ils ne voulaient pas qu'on voie son corps », dit Abou Georges au pas de la chambre de son fils. Il l'a laissée telle quelle. C'est idiot, ça fait film américain sur une chaîne satellitaire, avec le père qui pleure devant l'ours en peluche posé sur le lit du fils marine tué en Irak, le petit drapeau américain et les photos des stars de basketball ou de football américain aux murs. Il n'y a pas d'ours en peluche, ni de drapeau, ni de posters d'adolescent. Georges vivait et dormait encore là quand il a été obligé de partir faire la guerre à ses compatriotes. Ce n'était plus un enfant, ni un adolescent. C'était un jeune homme qui avait terminé ses études de littérature et de langue anglaise et qui ne trouvait pas de travail. Il y a dans sa chambre des livres de poésie et d'autres en anglais.

Abou Georges me fait du café pendant que je prends une douche dans sa vieille salle de bains, toute carrelée de vert et de blanc, avant que je ne parte pour l'hôpital. « Tiens encore quelques jours. Je te promets que nous allons te sortir de là. J'ai perdu un fils, je ne les laisserai pas te détruire. » J'ai envie de pleurer et d'embrasser les grosses poches sous ses yeux. Je ne fais ni l'un ni l'autre. Je pars travailler la peur au ventre.

Il ne se passe rien pendant plusieurs jours. Rien de plus que les cargaisons de suppliciés sorties des fourgons rouillés. Plusieurs fournées quotidiennes. Je suis devenu un automate. Je photographie, je vais dans la petite pièce, j'envoie les dossiers pleins de mensonges au procureur menteur, je sors de l'hôpital, je rentre chez moi, je téléphone à Ania, j'essaie de dormir, je n'y arrive pas. J'attends quelque chose. Je ne sais pas quoi. Quelque chose qui secouerait tout ça. La brutalité des cheveux gominés, leurs coups sur moi. Un vaisseau extraterrestre. Un tremblement de terre. L'intervention de l'ONU. Seule la première option est probable. Je ne peux pas continuer comme ça. Ils ont renforcé la fouille à la sortie de l'hôpital. Un des soldats en faction me palpe maintenant. Jusqu'aux chevilles. Celui qui le fait depuis que ça a été mis en place était très gêné le premier jour, un peu moins le deuxième, et puis plus du tout. Sortir la clé aujourd'hui serait vraiment risqué. J'ai décousu la doublure du col de ma veste, ce n'est pas prudent d'éveiller les soupçons maintenant. Je me surprends à chercher les moyens de cacher la clé, même si je ne l'ai plus.

Abou Georges m'a contacté le surlendemain de ma rencontre avec Abou Faisal, il avait vingt-quatre heures de retard sur sa promesse. C'est un nouveau garçon, un que je ne connais pas, qui a fait le messager. Il m'a dépassé sur le trottoir, je marchais vers la vieille ville en sortant de l'hôpital, en me demandant pourquoi je n'avais pas de nouvelles. Je ne voulais pas rentrer directement chez moi. Je les maudissais. J'étais sûr qu'ils me laissaient tomber. J'y avais pensé toute la nuit. J'avais cherché une solution, allongé sur le balcon, je ne l'avais pas trouvée. Ania, au téléphone, sentait la tension monter chez moi. Je ne disais rien, pourtant, même des banalités j'en disais le moins possible.

Le garçon qui vient de me dépasser laisse tomber un morceau de papier. Sur le papier est dessiné un smiley vert. Je suis le garçon. Dans une rue passante à deux pas de la vieille ville, j'entends une voix me héler. Abou Georges me rejoint et me salue chaleureusement comme s'il ne s'attendait pas à me voir. Jamais je n'aurais pensé qu'il puisse jouer la comédie si naturellement. « Je suis plus vieux que toi, il m'a répondu un jour. Dans ce pays, si on vit vieux, c'est qu'on sait dissimuler. Ou qu'on est du côté des salauds. » Nous marchons ensemble le long de la rivière. Il parle bas, en faisant les gestes amples de ceux qui racontent les films d'action de Bollywood. « Je suis ton intermédiaire avec Abou Faisal. Tu ne le verras plus. Trop risqué. Nous allons t'exfiltrer. Tu vas quitter l'hôpital, mais pas n'importe comment. Je vais t'expliquer. Évite les cris de surprise, les sursauts, les hurlements de colère qui risquent d'attirer l'attention sur nous. Tu peux poser des questions, j'y répondrai maintenant si je peux, sinon je demanderai et je te donnerai la réponse le plus rapidement possible. Il nous faut encore quelques jours pour affiner tous les détails. »

Il s'arrête acheter une glace. Il m'en propose une, je refuse d'abord, il insiste. « C'est le meilleur vendeur de glaces ambulant de la ville. Du pays, même. » Je prends abricot, c'est mon parfum préféré, celui de mon enfance. Je ne sais pas que c'est la dernière fois que je mange le sorbet à l'abricot, dans son petit pot en carton, du meilleur vendeur de glaces ambulant du pays.

Trente

Salim m'a fixé longtemps. J'ai commencé à me sentir mal à l'aise. J'ai baissé les yeux sur ses rangers luisants de cirage. J'ai compris qu'il souriait. Il a dit : « C'est bon. Mais uniquement parce que la semaine prochaine tu feras des heures supplémentaires pour former le nouveau. » J'ai cru voir dans son œil vivant un éclair de sadisme. Mais ça fait tellement de nuits que je ne dors pas. Quelqu'un m'observe peut-être sur mon balcon. Je passe toutes mes nuits là, maintenant. J'étouffe dans l'appartement. Je ne peux pas me débarrasser de l'impression d'être espionné.

Je ne sais pas si Salim se méfie. Si, évidemment, il se méfie, c'est son métier, de se méfier. Mais je ne sais pas s'il soupçonne quoi que ce soit. Parfois, je me dis que si c'était le cas, il me ferait arrêter dans l'heure. Trente secondes plus tard, je rectifie, non, pour lui c'est mieux de me laisser libre un peu, le temps que je les mène à tous les autres, tout le réseau, il doit se dire. Il se ferait bien voir, il serait félicité, il montrerait sa valeur et ça lui serait encore plus profitable maintenant qu'il occupe le bureau de Moustache frémissante.

Personne ne nous avait prévenus. Il n'a rien dit dans le service, il ne s'est pas vanté de sa promotion. On l'a trouvé là, derrière l'énorme table en bois, un matin. Posée devant lui, la plaque en métal, gravée de son nom en belles lettres calligraphiées et de son nouveau titre : « directeur ». Au milieu de la journée, il a convoqué tout le monde. Il nous a expliqué que Moustache frémissante avait été « appelé à d'autres missions » et qu'il avait la « lourde charge » et « l'honneur » de le remplacer. Je n'ai pas vraiment écouté le reste du discours, il était question du président et de la protection du pays contre les terroristes étrangers, et de notre mission de faire éclater la vérité au visage du monde entier, et de participer à la victoire, car Dieu est avec nous et avec le président. Il a annoncé qu'il avait obtenu, pour mener à bien cette tâche et pour nous qui n'avions pas ménagé nos efforts, de renforcer la section en recrutant une secrétaire et un photographe supplémentaires. Ils arriveraient dans quelques jours. Beaucoup de regards se sont fixés sur moi. J'ai essayé de sourire comme si j'avais été associé à la décision et que j'en étais même à l'origine. Je ne suis pas sûr d'avoir réussi.

Plus tard, dans la cuisine, Abou Khaled m'a dit que Moustache frémissante était en résidence surveillée. « Plus motivé par sa maîtresse que par la défense du pays, et puis dénoncé dans plein de tracts de l'ennemi comme exemple de la corruption, ça ne passe pas en ce moment. » J'ai vaguement hoché la tête. Depuis le jour où nous sommes allés chercher le matelas, je me demande si Abou Khaled est celui qui renseigne le groupe d'Abou Faisal. Il serait normal qu'il soit un espion d'un des services du président. Il l'est certainement. Il est peut-être les deux. Ce pays a effacé les contradictions depuis longtemps.

Je n'ai pas vu le nouveau, le photographe, celui que je dois former, qui doit permettre à Salim de se débarrasser de moi. Il n'arrive que dimanche. J'ai réussi à avoir mon week-end. « Pour aller chercher ma famille chez mes beaux-parents. » J'ai prétexté qu'ils voulaient rester un peu plus que prévu car mon beau-père veut superviser les travaux de réfection du puits dont certaines pierres se sont descellées cet hiver. C'est strictement vrai. Ce ne serait pas prudent de ma part d'inventer. Salim vérifiera certainement. Il n'y a rien de plus facile, le village est entièrement dévoué au président.

Je suis les consignes d'Abou Georges : je fais exactement comme si je partais deux jours pour aller chercher Ania, Najma et Jamil. Je vais acheter des babioles pour les enfants, parce que je leur apporte toujours des cadeaux après une séparation, surtout si elle a duré quatre semaines. Je ferme soigneusement les fenêtres et la porte d'entrée de l'appartement. Je mets une coupelle d'eau devant la porte pour le chat roux et j'arrose les plantes sur le palier. Je salue le concierge qui, comme par hasard, est sur le pas de l'immeuble. Je mentionne sans insister que je fais l'aller-retour chez mes beaux-parents et je le vois qui jauge la taille de mon sac. Il est tout petit. Un sac pour deux jours. Un pantalon, trois chemises, quelques sous-vêtements. Abou Mariam ne peut pas savoir qu'il y a dedans mon passeport, tout l'argent en liquide que j'avais caché dans l'appartement et la liste des premiers morts, que j'ai refusé de laisser dans la poche de ma veste de marié. Les cerfs-volants pour les enfants prennent plus de place que mon sac dans le coffre.

Je sors de la ville sans problème. Il n'y a pas d'embouteillages. Il fait encore chaud. Ceux qui pouvaient prendre des vacances sont partis depuis longtemps. Ceux qui travaillent ne s'offrent plus de week-end. Se déplacer est devenu difficile et dangereux. On ne prend pas le risque de passer des heures à des barrages ou de se faire tuer pour aller respirer deux jours dans le pays voisin, ou au bord de la mer, ou à la montagne. Et beaucoup, de toute façon, n'en ont plus les moyens. La guerre est mauvaise pour les affaires. Seule une poignée du clan du président n'en souffre pas.

J'arrive au dernier barrage avant la voie express. Un soldat part avec ma carte d'identité. Il disparaît dans un baraquement sur le côté. Un autre inspecte les sièges arrière et le coffre, mais n'ouvre pas le sac. Je dissimule un soupir de soulagement. La doublure que j'ai cousue la nuit dernière pour y cacher l'argent et le passeport n'aurait sans doute pas résisté à une fouille un peu sérieuse. Le soldat me fait signe de me ranger en attendant le retour de l'autre. Une voiture se présente derrière moi. J'observe dans le rétroviseur. Vérification des papiers. Inspection rapide. Elle repart. Je commence à m'inquiéter. Je n'ose pas regarder ma montre, même discrètement, je ne sais pas si je suis observé, ni comment ça pourrait être interprété. Montrer le moindre signe d'impatience ne serait pas prudent. Je fixe l'avant du capot. Le temps passe. Je pense à Ania, à Najma, à Jamil. Si près du but. Je suis si près du but. Après ces deux ans terribles, si près de leur offrir autre chose. Je ne veux pas qu'ils m'arrêtent. Pas maintenant. Pas aujourd'hui.

Un soldat surgit à ma vitre droite. Il me tend ma carte d'identité. « Tu vas au village ? Si tu le vois, tu salueras le général Shajjar. » J'ai hoché la tête. Je n'ai pas dit que j'allais au village de ma femme. Le général est un bon laissez-passer. J'ai repris la route. Le soldat m'a dit de faire attention. « Il y a des rebelles qui traînent du côté du village. Sois prudent. » Je chantonne. Je suis un rebelle. Je le dis à voix basse. Et puis à voix haute. Je ne risque rien. Aucune oreille indiscrète. Je peux même hurler que j'ai pendant des mois trompé le président, trahi tous ses secrets les plus vils. Je peux. Mais je ne le fais pas. Je n'ose pas, pas encore. Combien de temps faudra-t-il pour que je me débarrasse de cette terreur ? Est-ce qu'on se débarrasse jamais de cette peur ? « Ce n'est pas prudent, ce n'est pas prudent, ce n'est pas prudent », chante ma vie.

Trente et un

Ils ont tiré sur une chèvre.

Je ne suis pas mort.

Je suis simplement sourd.

Ils ont tiré très près de moi.

Les deux voitures arrêtées au check-point ont démarré en trombe. Les passagers ont entendu les coups de feu et vu du sang couler de derrière la baraque en ruine. Ils diront que j'ai été abattu.

Un pick-up a dévalé la bretelle. Les deux hommes ont jeté la chèvre morte sur le plateau arrière et m'ont jeté dans la cabine. « Vite, vite, on s'arrache, on s'arrache. »

Je ne sais pas si je suis enlevé ou si je suis sauvé. Ce n'était pas du tout prévu comme ça.

Je suis allongé sur la banquette arrière. Un des exécuteurs est à côté du conducteur. L'autre est à l'arrière et il est assis sur mes jambes. Il pèse lourd. Sa kalachnikov cogne contre le toit du pick-up à chaque cahot. D'une main, il m'oblige à garder la tête contre les coussins. La voiture sent mauvais, une odeur d'animaux de ferme et d'hommes mal lavés, de renfermé et de purin. J'ouvre la bouche, je veux parler, poser une question, la question – qui sont-ils, où va-t-on, suis-je avec les bons ou les méchants, ou des méchants, ils pullulent tellement dans le pays qu'on ne sait plus combien ils sont, ni à qui ils appartiennent. J'ai à peine le temps d'émettre un son, la main m'enfonce la tête dans la vieille couverture poussiéreuse qui recouvre les coussins. La laine me rentre dans la bouche et m'étouffe à moitié. J'essaie de relever la tête, la main de l'homme me la rabat brutalement. « Bouge pas, bouge pas », il crie.

Le bourdonnement dans mes oreilles, dû aux deux détonations, s'estompe. Au milieu des bruits du moteur, j'en distingue d'autres, de plus en plus fort. Je sens l'air se figer dans l'habitacle. Je reconnais le grondement d'un hélicoptère militaire, le claquement des pales, il est lourd et proche. Le pick-up stoppe brutalement. La main de l'homme quitte ma tête. Je me hisse sur un coude, les yeux au niveau de la vitre. La voiture est arrêtée sous un arbre dans un verger. Je me demande si ce sont des pêchers ou des amandiers. Le conducteur et les hommes qui m'ont enlevé sont crispés, j'ai l'impression qu'ils ont même arrêté de respirer.

L'hélicoptère tourne autour de nous. Il va, il vient, il s'éloigne et se rapproche. Il nous cherche. Le temps s'étire. Les yeux de mon voisin bougent à toute vitesse, je devine qu'il cherche un chemin de fuite, au cas où. Je me dis aussi que, si l'hélicoptère reste encore un tout petit peu au-dessus du champ, il va craquer, ouvrir la portière, se précipiter dehors, partir en courant et nous faire repérer. Je ne sais pas comment je pourrais l'en empêcher. Il est armé, pas moi. Au moindre geste brusque, je risque de me faire tirer dessus par lui ou par un des deux devant, qui ne comprendrait pas ce qui se passe. Alors je ne fais rien. Rien qu'attendre et regarder dehors, comme si je voyais les derniers arbres de ma vie, les derniers brins d'herbe brûlés par l'été, le dernier ciel. Il est si bleu. La journée a basculé du midi à l'après-midi, quand les couleurs reprennent vie après le blanc brûlé du zénith.

L'hélicoptère s'éloigne de nouveau. On l'entend qui accélère. Les pales tournent plus vite. Dans le pick-up, les respirations reprennent, encore un peu rapides. « Ne sortez pas, ça peut être une ruse. Ils font ça, maintenant. » L'ordre du chauffeur claque sec. Mon voisin retire sa main de la poignée. Il se contente de baisser la vitre. Un vent brûlant entre dans la voiture, avec une odeur d'herbes aromatiques. Nous restons immobiles une dizaine de minutes sans dire un mot. L'homme à côté de moi ne me regarde jamais. Ce n'est pas très rassurant. Il a la tête entourée d'un chèche kaki, une barbe de quelques jours parsemée de poils blancs, des cernes larges et bistres sous les yeux qui lui donnent un faux air de panda. Ses doigts sont crispés sur la crosse de son fusil. Il le tient calé contre son ventre, en diagonale, canon vers le plafond. C'est lui qui a gueulé « salaud de collabo » en me crachant au visage. Je ne sais pas si c'était à destination des autres voitures ou s'il le croit vraiment. Je ne sais pas s'il veut me tuer ou me protéger.

Devant lui, l'autre homme, celui qui a tiré sur la chèvre, tripote un talkie-walkie silencieux. Il a mis son pistolet dans un holster sous son aisselle et son fusil à ses pieds. Il a des doigts très longs, un cou aussi étiré que celui de notre président. Ce ne doit pas être facile, pour lui, cette vague ressemblance. Même s'il n'y a que le cou et la grande taille, parce que lui a un menton assez prononcé et un nez busqué. Je vois ses côtes sous son tee-shirt. Il a enlevé la casquette qu'il portait sur la route. Ses cheveux bouclés descendent dans la nuque, comme c'est la mode, surtout ces derniers temps, chez les jeunes révolutionnaires. Les jeunes hommes fidèles au président portent le cheveu court et proprement taillé. J'en conclus que ce sont des révolutionnaires qui m'ont enlevé. Pas un groupe du régime, ni un de ces groupes religieux extrémistes qui font tellement parler d'eux aujourd'hui que les télévisions étrangères en oublient presque que le peuple s'est soulevé dans ce pays, que le peuple veut de la dignité, du pain et la liberté, et pas davantage de contraintes et de cadavres.

Je me dis qu'il faut que je me lance, que je leur demande qui ils sont, pourquoi je suis avec eux, s'ils sont envoyés par Abou Faisal, pourquoi le plan a changé. J'hésite. J'ai peur de donner une information qui me perdra. Le jeune, devant, ne me laisse pas le temps de me décider.

— On peut y aller, maintenant, non ? Ils vont nous attendre et finir par se demander si ça a mal tourné. Ou je les appelle.

— Non, pas de téléphone, pas de talkie, trop dangereux, les autres rôdent, je les sens pas loin, le chauffeur réplique.

Son ton sec et court ne colle pas du tout avec son physique. Tout est rond chez lui, on dirait les bonhommes que dessinait Jamil il n'y a pas si longtemps. Le ventre, le visage, les yeux, autant de cercles posés les uns sur les autres. Il ne court sans doute pas très vite. Mais il a la voix du commandement, la conduite sûre et rapide.

Le pick-up quitte le verger et la sécurité des arbres, s'engage sur une piste à découvert. Je ne peux pas m'empêcher d'enfoncer mon cou dans mes épaules et de scruter le ciel en tendant l'oreille. Mon voisin finit par se tourner vers moi.

— On y est presque. Les types de la capitale t'attendent.

Il veut me protéger, pas me tuer.

Je retrouve Abou Faisal assis sur un matelas en mousse, sous un ventilateur poussif, dans une ferme isolée, une maison de trois pièces en parpaing et tôle ondulée, entourée d'arbres fruitiers et de champs rocailleux dans lesquels paissent quelques moutons et des chèvres. Ceux qui m'ont conduit là ont disparu dans le pick-up aussitôt que je suis rentré dans la bicoque. La chaleur est infernale, le ciment nu l'emmagasine. L'été tape encore plus violemment que dans la grande ville d'où je viens. Je sue des litres et des litres en quelques secondes. Abou Faisal ne perd pas une goutte. Je finis par me demander si cet homme-là est réel, vivant, fait de chair, de sang, d'os et d'eau, comme moi, comme tous les suppliciés que je lui ai livrés par clé USB. On dirait qu'il me reçoit chez lui ou dans un salon chic, il me désigne un matelas en face du sien, d'un geste ample, et dépose sur une boîte en carton un verre de thé.

Je me fâche contre lui. Je crie tout ce que j'ai sur le cœur. À cause de lui, j'ai pris des risques insensés. Aujourd'hui. Hier. Toutes ces années. À ce barrage. À l'hôpital. Avec cette clé USB. Toutes ces fois où j'ai risqué ma vie pour les morts. Pour que lui puisse proclamer : « Regardez les morts ! » Et puis quoi, finalement, il me promet la fin du cauchemar pour moi et les miens, il me promet de nous sortir de là, tous ensemble, Ania, Jamil, Najma et moi, tous ensemble et puis quoi ? Je me retrouve avec une chèvre tuée sous mes yeux d'une balle que j'ai cru m'être destinée, et un type qui me hurle dessus un fusil-mitrailleur à la main ! Et ma famille, où est ma famille ? Il y pense seulement à ma famille, qui m'attend, certainement folle d'inquiétude ? Ania qui doit sentir le vide se creuser en elle ? Je marche de long en large, la pièce nue est toute petite, cinq pas à droite, un mur, quatre pas à gauche, un mur. Abou Faisal ne dit rien. Il m'écoute, hoche la tête, me contemple en train de m'agiter. Je finis par m'asseoir. Je suis trempé. Je me tais. Lui aussi. Je regarde les murs sans peinture, sans meubles, les fenêtres sans rideaux, le sol en ciment brut. Je ne comprends toujours pas pourquoi je suis ici.

Abou Faisal parle. Doucement, comme à un blessé, un malade ou quelqu'un perclus de douleurs. Il me dit que le plan était, après examen, trop risqué pour nous et pour ses hommes. Ils ne peuvent pas simuler l'enlèvement de toute une famille, ça demande trop de logistique, de voitures, de mise en scène et, même si nous ne sommes pas des rouages essentiels du régime, même si nous ne sommes pas des amis du président, je suis trop précieux pour qu'ils ne réagissent pas. Alors ils ont décidé d'un autre plan, mais ils n'ont pas eu le temps de me prévenir. Ni l'intention, d'ailleurs, parce qu'il fallait que je sois aussi naturel que possible.

Ils ont décidé de me « tuer » à un barrage, devant témoins. Ils ont choisi le lieu et l'heure, il fallait des témoins dignes de foi pour les hommes du président, des citoyens lambda, sans lien avec la résistance. Des conducteurs et des passagers qui raconteraient la scène.

— Oui, et après ?

Je suis toujours très énervé contre Abou Faisal.

— Après ? Après, tu es inhumé, bien sûr, puisque tu es mort.

Je sens que je le regarde comme un idiot.

— Nous revendiquons dans un communiqué l'exécution d'un collaborateur des bourreaux. Pareil que pour Freddy. Tu es enterré. Et nous pouvons te sortir d'ici. Une fois dehors, tu as une nouvelle identité et un pays d'accueil où tu es protégé. La filière est en place, nous l'avons déjà utilisée. Nous montrons tes photos au monde entier. Le dictateur ne résistera pas à ça.

Je fixe Abou Faisal, ses yeux verts un peu trop rapprochés, sa chevalière, je lui trouve le visage amaigri, les traits tirés. Il se tait. Il attend. Il sait que je ne vais pas acheter son histoire si facilement. On ne croit plus aux contes depuis longtemps par ici. Sauf ceux qui se finissent mal et où l'ogre dévore tout le monde.

— Et qui joue le cadavre ? Mon cadavre ? Et qui m'enterre ? Ania ?

Je ne peux pas imaginer qu'ils aient décidé ça. Pourtant si, je le vois dans les yeux secs d'Abou Faisal. Ils ne vont pas dire à Ania que je suis vivant. Ils vont lui laisser croire que j'ai été exécuté, comme Freddy.

Ils ne m'ont pas prévenu de mon « enlèvement », ils ne vont pas la prévenir non plus.

— C'est une question de crédibilité, lâche Abou Faisal.

J'ai envie de le frapper.

Trente-deux

Évidemment, tout a été fait comme ils l'avaient décidé. Personne n'a rien dit à Ania. Elle m'a raconté par bribes, après. C'est son père qui a reçu le coup de téléphone de l'hôpital. Elle n'a jamais compris pourquoi. Moi je sais, je les connais. Pour eux, il était le seul mâle restant de la famille et seul un mâle est un interlocuteur. Ils vivent dans le sang, les guerres et les ordres hurlés, reçus et appliqués. Ils vivent dans un monde où le mâle est tout. C'était la fin de l'après-midi, son père était dans le jardin, il arrosait les jeunes arbres fruitiers, son téléphone portable était resté dans la maison, il s'est mis à sonner et Ania le lui a apporté.

Mon beau-père a écouté, puis il a détaché le téléphone de son oreille, a laissé pendre son bras le long de son corps et a regardé sa fille. Ania m'a dit qu'elle a senti un immense vide creuser son ventre, qu'elle s'est pliée en deux et s'est mise à hurler avant même que son père n'ait ouvert la bouche. Elle ne se souvient pas des heures suivantes. Ou elle préfère les taire. Je crois qu'elle a choisi de ne pas me raconter. Elle a décidé de garder la douleur pour elle, puisque je n'ai pas su l'en protéger. Elle veut me laisser mes interrogations, parce qu'elles nourrissent la culpabilité, et que je me sente coupable, elle ne compte pas me pardonner si vite.

Le communiqué annonçant mon exécution ressemblait à tous les autres. On avait l'impression qu'ils étaient tous écrits d'avance, à l'exception du nom, et qu'il suffisait de remplir le blanc. Ania ne l'a pas gardé, mais Abou Faisal m'en a donné un. « En souvenir », il m'a dit quand je l'ai revu de l'autre côté de la frontière. Il est rédigé dans cette langue bureaucratique adoptée par le pays tout entier depuis la mise à mort, par le père du président, de la poésie et de la littérature. Même les révolutionnaires n'ont pas réussi à s'en débarrasser. Parfois, je me prends à rêver que le réseau d'Abou Faisal ait fait preuve d'un peu de lyrisme concernant mon procès et ma mise à mort. Mais eux aussi sont des technocrates. Les romantiques, ceux qui dansaient et chantaient sur les places, ont tous été tués depuis longtemps. Il est donc annoncé en quelques lignes que le photographe de l'hôpital militaire qui participait à l'entreprise de mort a été jugé pour complicité de meurtres de masse, exécuté et que son corps a été enterré anonymement quelque part dans le pays.

Personne, chez les bureaucrates, n'a émis le moindre doute. Les passagers des deux voitures ont raconté mon interception au barrage, le coup de feu, le sang qui coulait de derrière la baraque. Mon beau-père a laissé tomber la réfection du puits et a ramené Ania et les enfants dans la capitale. Il a refusé qu'elle aille chez nous, il tenait à la garder pour lui, à reprendre son contrôle sur elle, elle s'est installée chez ses parents. À Najma et Jamil, il a dit que leur père avait eu un grave accident de voiture, qu'il était à l'hôpital, qu'on ne pouvait pas le voir et que c'était normal que leur mère pleure parce qu'elle était très inquiète. Najma lui a dit un soir qu'il mentait et qu'elle savait que j'étais mort, que j'avais été tué, que plein de gens étaient tués par les terroristes en ce moment, alors pourquoi pas son père. Ania devenait folle à force de se demander si j'avais été abattu par ceux que je soutenais en cachette ou si les hommes aux pantalons de tergal qui débusquaient les traîtres m'avaient envoyé rejoindre les suppliciés dans les cachots. Elle a fini par rendre visite à Salim, au prétexte de récupérer mes affaires à l'hôpital. Elle a compris qu'il était persuadé que les terroristes avaient eu ma peau, ça l'a soulagée un peu, elle s'est dit que je n'avais pas souffert. Ma hiérarchie a fini par suggérer avec insistance que des funérailles et un hommage officiel seraient de bon ton. Il a fallu céder et annoncer ma mort aux enfants. Jamil a raconté partout qu'il allait inventer une machine à remonter le temps et qu'il m'empêcherait de monter dans la voiture. Najma a continué à affirmer que j'avais été tué par des terroristes. Ni l'un ni l'autre n'a pleuré pendant la cérémonie mais ils ont refusé les bonbons de consolation. Ania a trouvé le rituel insupportable, elle n'a rien compris au discours de Salim, les mots volaient dans tous les sens sans aucune signification, elle a failli cracher sur la photo du président signée de sa propre main en hommage à mon dévouement pour lui et la patrie.

Pendant qu'ils étaient occupés à m'enterrer, je traversais une frontière. Je m'apprêtais à en passer encore une, et encore quelques autres. Je n'ai pas eu le temps de dire au revoir à mon pays. J'ai marché de nuit à travers la montagne, avec des hommes et des femmes que je ne connaissais pas et qui ne parlaient pas, qui avaient certainement autant de raisons de fuir que moi. Je trébuchais souvent. Certains étaient plus essoufflés que moi. Je distinguais à peine le chemin. La nuit était noire, c'est pour ça qu'ils l'avaient choisie. Je savais qu'il y avait deux éclaireurs devant nous. Abou Faisal me l'avait expliqué. J'avais plus d'informations que le reste du groupe parce que je l'avais exigé, je m'étais rebellé, je refusais qu'ils me mentent, j'exigeais de savoir puisque je ne pouvais pas contrôler. C'est parce qu'il m'avait expliqué que j'ai compris tout de suite quand j'ai entendu les tirs et vu les éclairs. Les éclaireurs, devant, se faisaient tirer dessus ou tiraient, ou les deux. Il y a eu de la panique parmi nous. Des cris, des jurons étouffés, certains se sont mis à rebrousser chemin en courant, d'autres se sont aplatis par terre, je me suis jeté entre des buissons d'épineux, j'ai senti les aiguilles me lacérer le visage, les bras et les mains. Le vacarme s'est arrêté, un de nos guides s'est mis à nous appeler à voix basse. Il a rassemblé ceux qui étaient encore là, nous n'étions plus que trois. Il nous a dit qu'on allait marcher un peu, jusqu'à une grotte qu'ils connaissaient. Là, on attendrait du renfort. Dans un cas comme ça, ce qui était prévu, c'est que des hommes sérieusement armés, suffisamment pour faire face à des soldats ou à des miliciens, rejoignent le groupe. « De toute façon, on vous fera passer de l'autre côté. On est là pour ça », il a chuchoté. On s'est remis à marcher à travers la montagne. Il m'a semblé qu'on quittait le chemin, le terrain était encore plus difficile, les guides hésitaient ou semblaient hésiter.

Finalement, on s'est faufilé à la queue leu leu dans une déchirure étroite de la paroi. Le premier homme a allumé une lampe de poche. Au bout de quelques dizaines de mètres, ce corridor s'élargissait. Ce n'était pas une grotte à proprement parler, plutôt une clairière minérale surmontée d'un promontoire. Un des guides nous a emmenés vers une faille, il en a sorti des fusils. Un pour chacun, plus un deuxième pistolet pour lui. « Vous avez tous fait le service militaire ? Alors vous savez à peu près vous en servir. Gaspillez pas les balles, ça coûte une fortune, en ce moment. » Nous nous sommes dispersés. Nous avons attendu, je me suis endormi sur mon fusil, comme je le faisais pendant mon service militaire. L'aube s'est levée, on a compris qu'il faudrait attendre toute la journée tapis là, entre ces parois de pierre. Heureusement, le promontoire protégeait du soleil, mais des vagues de chaleur s'abattaient avec le vent. À la nuit tombée, une dizaine d'hommes est arrivée. Abou Faisal était parmi eux. Ils apportaient de l'eau et de quoi manger. Abou Faisal m'a raconté qu'un des deux éclaireurs avait été tué dès le début de l'échange de tirs et que l'autre avait été blessé. Il avait essayé de s'enfuir, mais il était sans doute trop faible. Il avait été abattu d'une balle dans la tête. Il le savait parce qu'ils étaient allés récupérer les corps à l'aube. « On ne laisse pas les dépouilles de nos camarades aux vautours. » Ceux qui voulaient quitter le pays et qui s'étaient enfuis pendant la fusillade étaient restés à l'abri dans un village. Le temps que les hommes du groupe local de la résistance décident s'ils acceptaient de leur faire une nouvelle tentative ou pas. « Ils ont mis tout le monde en danger. Ils manquent trop de sang-froid. » Lui avait le sang glacé. Je n'étais pas heureux de le revoir. Il avait décidé de laisser Ania et les enfants croire à ma mort. C'était certainement plus prudent pour eux. Mais c'était trop pour moi. Les suppliciés que je lui avais remis cachés dans la clé USB n'étaient pas morts pour ça. Les agonisants du baraquement derrière l'hôpital ne mourraient pas pour ça. Je n'avais pas risqué ma vie et celle de mes enfants et celle de ma femme pour ça. Je n'étais pas heureux de le revoir. Pourtant je n'ai rien dit. Ce n'était pas prudent. Mais c'était lâche.

On est partis au milieu de la nuit. Cette fois, on a traversé la frontière sans encombre. De ce côté-ci du pays, elle est à peine matérialisée, le relief est trop accidenté. Mais en plus des patrouilles, ils envoient des drones maintenant. Ils ont aussi érigé des poteaux surmontés de caméras thermiques aux endroits les plus faciles d'accès, sur les sentiers de contrebandiers fréquentés comme des autoroutes depuis des siècles. Alors nos guides nous ont fait grimper à travers les épineux. J'ai compris que nous avions franchi la frontière quand j'ai entendu un des hommes dire « on est passé » et puis, en grommelant, « si on avait pris cette route dès hier, on n'aurait pas eu de problème et Karim et Jacky seraient toujours là ». J'ai reconnu ensuite la voix d'Abou Faisal :

— Avec des *si*, la révolution aurait gagné. On n'a pas assez d'espions chez eux.

On a marché encore des heures. C'était difficile, la pente est raide, les cailloux roulent sous les pieds, les épineux accrochent les mollets, on ne peut se retenir à rien. Les guides ne voulaient pas prendre de sentier plus facile.

— Leurs milices se foutent de la frontière. Ils ont des cousins de ce côté-ci, ils font ce qu'ils veulent.

Finalement, on a atteint un chemin assez large pour deux hommes de front, jusqu'à une sorte de parking, et trois voitures. Abou Faisal, m'a désigné à deux hommes :

— C'est lui. Prenez-en soin. Il doit rester vivant et surtout ne pas tomber entre leurs mains.

Il s'est tourné vers moi, m'a serré dans ses bras et m'a tendu le communiqué qui annonçait mon exécution. J'ai eu l'impression d'être dans un mauvais film d'espionnage.

Trente-trois

Les morts ont voyagé plus que moi. Ils ont fait le tour de la planète un nombre incalculable de fois. Leurs premières apparitions, mes photos brandies dans des enceintes officielles, dans des manifestations, ont horrifié et ému, les grands dirigeants se sont indignés. D'autres ont suggéré que les photos étaient truquées, je me suis dit que ça prouvait leur gêne et leur peur et qu'ils allaient lâcher leur laquais. Mais les indignés, après avoir beaucoup pleuré et crié, ont détourné les yeux. Le président a craché au visage des suppliciés.

Je ne veux plus sortir de chez moi. Je suis allé témoigner partout dans le monde. Il a fallu à chaque fois que je le fasse en cachette, que je passe, encore, de mains en mains, de voitures en voitures, d'avions en avions. On m'a écouté, les journaux ont parlé de moi, et puis rien. Le monde est passé à autre chose.

Ayman a été arrêté et il a disparu dans la bouche du Moloch.

Je ne veux plus sortir de chez moi. Ania vient me voir, trois ou quatre fois par mois. Je ne sais pas si elle me pardonnera un jour. Elle vient toujours seule. Les enfants ne savent pas que je suis vivant. Ils sont trop petits, me dit Ania, ils risqueraient de parler à tort et à travers, de raconter l'histoire dans leur nouvelle école, rien que pour se faire accepter par leurs nouveaux camarades qui se moquent de leur accent. Ils n'ont pas compris pourquoi ils ont quitté un matin la maison de leurs grands-parents pour aller à l'école comme d'habitude et se sont retrouvés avec leur mère dans une voiture qui roulait très vite à travers la ville, pourquoi ils ont changé de véhicule plusieurs fois, pourquoi ils ont dû attendre des heures dans une ruine, pourquoi, à la nuit, ils ont dû courir et courir, passer sous des barbelés, pour finalement se retrouver enfermés dans un appartement sans internet et sans jouets. Ils sont restés une semaine sans mettre le nez dehors. Des jeunes du réseau venaient les ravitailler et leur donner des nouvelles. Mes appels à Ania étaient rares et brefs. Ce pays, où elle s'était réfugiée juste après la fuite, n'est pas sûr, et les communications non plus. Elle a fini par recevoir un passeport avec une nouvelle identité pour elle et les enfants, et des billets d'avion. Elle a voyagé la peur au ventre. Je savais qu'elle était protégée par plusieurs hommes très discrets, mais elle l'ignorait. Elle pleure, parfois, et me reproche tous ces silences et ces mensonges.

Je ne sais pas si elle voudra reprendre notre vie, comme avant le sang des suppliciés, avant les bombardements et les tortures, avant le réveil du monstre. Je ne sais pas si je le pourrais. Alors je ne demande rien à Ania, juste des nouvelles de Najma et Jamil, et de recevoir sa visite de temps en temps, de pouvoir caresser la veine sur sa tempe quand elle dort après avoir beaucoup pleuré. Je pleure aussi. Nous pleurons tous. Seuls les morts ne pleurent plus. Ils nous ont tourné le dos.

Composition et mise en pages
Nord Compo à Villeneuve-d'Ascq

#lisez! engagé
www.lisez.com

Cet ouvrage est imprimé sur du papier
issu de forêts gérées durablement.

CET OUVRAGE
A ÉTÉ ACHEVÉ D'IMPRIMER
SUR ROTO-PAGE
PAR L'IMPRIMERIE FLOCH
À MAYENNE EN DÉCEMBRE 2023

Dépôt légal : janvier 2024
N° d'édition : 66645/01 – N° d'impression : 103743

Imprimé en France